活人偶之島

地獄幽暗亦無花

路生よる

輕文學
Light Literature

目錄

主要登場人物

小野篁

總是神出鬼沒，身穿平安時代服裝的神祕人物。

遠野青兒

皓的助手，可以一眼看出別人的罪行。

西條皓

為煩惱的人們
提供諮詢的神祕美少年。

紅子

眼睛宛如黑色玻璃的
神祕少女。

凜堂棘

聲名遠播的厲害偵探，
被稱為「招來死神的偵探」。

究竟是案件引來了他們，還是他們引來了案件呢——

緋

自稱是「皓的弟弟」的少年。

絢辻幸次

吉鷗島的主人，製偶師。

絢辻璃子

幸次的女兒。

絢辻玻璃

幸次的妻子，於十年前去世。

絢辻一冴

璃子的堂哥，時尚設計師。

絢辻紫朗

璃子的堂哥，一冴同父異母的哥哥，絢辻家下任當家。

霜邑潤一郎

照顧幸次和璃子父女倆的主治醫師。

第[illegible]怪◆飢餓神，或是序章

這世上或許有不笑的金魚。

*

走出大門就是一片森林。

不對，是眼前那棵巨大的白花八角令人不由得產生這種錯覺，其實青兒只是從住慣的屋子裡出來抽根菸罷了。

或許因為頭頂那片色彩濃淡不一的綠葉遮蔽了直射的陽光，雖是八月，他卻覺得出奇涼爽。耳中能聽見的只有枝葉摩擦的沙沙聲。

每次站在這裡，都覺得好像跳脫了原本的世界。

此外，他的腦海中還會浮現三個字。

——誘蛾燈。

聽人家說，八角屬的英文「Illicium」是來自拉丁文的「illicio」，這個字的意思是

「吸引、誘惑」。

青兒也是一隻被吸引到此處的飛蛾，如今則是自認兼公認來白吃白喝的食客，不過他至少還掛著「寄宿助手」的頭銜。

他從壓扁的菸盒裡抽出一根菸，用便宜的打火機點燃。

回頭望去，有一條幾乎被綠蔭淹沒的紅磚小徑，更遠處有一棟建造於大正時代、東西合璧的洋房。這幅景象簡直像童話一般，但青兒早已看慣了。

不知不覺間，他已經在這裡當食客七個月。

白花八角在春天綻放的潔白花朵，都變成夏天裡的滿樹綠葉。他每日的生活依舊像浸泡在溫水中舒適平穩，只不過偶爾還是會想起一件事。

這裡是鬼的棲息之處。

「好，該回去了。」

青兒輕輕嘆氣，處理了菸蒂之後沿著小徑回去。

走到玄關，引誘似地敞開的門上貼著一張紙，寫著「請入內」。每次看到這張紙，他都會聯想到《要求特別多的餐廳》。

事實上，雖不中亦不遠矣。雖說這間屋子裡沒有貓妖，但依然屬於非人者的領域。

這可是貨真價實的鬼屋。

這裡的屋主名叫西條皓，是半人半妖的魔族，也是《稻生物怪錄》出現過的魔王山本五郎左衛門的兒子與其高貴的繼承人。

「我回來了。」

一打開書房的門，看到的還是一如往常的景象。

正前方是一面玻璃窗，掛著舞台布幔般的長窗簾，右邊整面牆壁都是書櫃。

這景象不論何時見到都讓人覺得很震撼。青兒還不習慣時，每次打開門就會忍不住喊一聲「哇」，如今這一切都成了他的日常生活。

書房中央的貓腳桌後坐著一位少年。

「你回來啦，青兒。下午茶正好剛要開始。」

說話的人是個黑頭髮黑眼睛的少年，年紀大約十五、六歲。他今天也捧著一本看似艱深的厚書，坐在如藤蔓般彎曲的安妮女王式椅子上。

那件乍看之下像喪服的和服上有暈染的圖案，不同濃淡的墨色描繪出盛開的大朵牡丹花，雪白的花瓣透出活色生香的妖媚和一股威嚴。

——百花之王。

「喔？你又出去抽菸了？」
「是啊，我怕被紅子看到。」
「她正在實行禁菸運動吧。不過你現在一天一包，似乎抽得有點凶喔。」
「呃……今天也是蘋果派嗎？」
青兒假裝沒聽到他的話，在他的對面坐下。
皓露出了苦笑。他不能說是深閨千金，而該說是大門不出的少爺，說得好聽一點是居家型，事實上和家裡蹲也差不了多少。
負責打理一切的紅子走了進來，開始準備傍晚的茶點。這裡的生活總是如此悠閒。
——真希望這種日子可以永遠持續下去。
青兒深深如此盼望，但是，只要皓還繼續做「地獄代客服務」的工作，這個心願多半沒辦法實現。
壞人必須受到和罪行相稱的報應，如果有人在世上逃過了審判，地獄裡的惡鬼就會找上門，而皓所做的「地獄代客服務」就是代替這些惡鬼去懲治壞人。
這工作聽起來很像殺手，事實上雖不中亦不遠矣，不過委託人可是貨真價實的閻魔大王，所以兩者還是有著不容忽視又令人絕望的差異。

青兒就是在這位少年的身邊擔任助手兼食客。

說起事情的經過，他是被唯一的朋友豬子石大志背叛，成了債務的保證人，眼看就要被討債公司抓去賣器官時，皓幫他出錢償還了這筆債務。順帶一提，皓是用現金一口氣付清三千萬圓的債務。

從此青兒成了寄宿助手，免費為皓工作。說是這樣說，青兒總覺得這個頭銜似乎漸漸地保不住了，這是他的錯覺嗎？

話說回來，資質平庸的青兒疑似被皓當成貓狗之類的寵物，所以他究竟有沒有發揮出助手的作用還很難說。

「抹茶與紅豆果然是永遠不會出錯的美味組合。」

「啊，這個也很好吃耶。你吃吃看這個藍色夏威夷口味。」

「話說藍色夏威夷到底是什麼口味啊？」

約一個小時後，兩人像國中生一樣閒聊著關於食物的無聊話題。他們面前擺著用晶瑩剔透的江戶切子玻璃器皿盛裝的刨冰。

每吃一口，都有甜美冰涼的滋味滲入體內。

紅子製作手工刨冰的重點在於刨冰的方式，冰碰到舌頭的瞬間就會融化。青兒用企鵝型刨冰機是絕對做不出這種水準。

在夏天吃刨冰真是無上的幸福。雖然平常吃的蘋果派讓人百吃不厭，但偶爾換換口味也是一件值得感謝的事。

「啊，對了，車站前新開了一間冰店，那裡老是大排長龍呢。」

青兒突然想到。

那間店才剛開不久，但是店家用大量當季水果製作的配料和品質保證的天然冰深受好評，要排隊一個小時才買得到。

「那麼改天叫紅子去吃吃看，讓她照著做吧。」

「……啊？」

紅子無所不能的本事令青兒不禁愕然。

皓鐵定不會選擇在大熱天的時候去排隊。他大概是被寵過頭了。

「呵呵，我不力使出門，而且紅子對我來說就像姊姊一樣。」

喔？青兒還是第一次聽到皓說這種話，不過他說紅子跟姊姊一樣應該是真的，她一肩扛起皓身邊所有的雜務。兩人與其說是姊弟，其實更像是母子。

「說到這個，你有哥哥或姊姊嗎？」

青兒好奇地問，皓不知為何露出如同被魚刺噎到的表情。

「這個嘛……我父親山本五郎左衛門是在源平之戰的時代來到日本。」

愛湊熱鬧的他很開心地在這裡觀戰，後來還愛上日本的飲食文化而決定留居此地。

原來如此，大概就是像紅火蟻或黑鱸魚一樣的外來種吧。

「聽說他後來娶了二十幾位小妾。」

皓淡淡地說下去，青兒聽了忍不住在心中吐嘈。

——所以他是個土皇帝囉？

「除了我以外，他還有三十一個孩子。」

……沒錯，就是土皇帝。

「不過在我懂事之後就只剩我一個了。」

「咦……」

事情聽起來很不單純，皓說出這句話時的臉色似乎有些黯淡。

「呃，也就是說……」

也就是說，皓曾經有過三十一個兄弟姊妹，但現在全死光了？青兒很想問理由，又覺得這樣太冒昧。

還是換個比較安全的話題吧。

「呃，那個，皓……」

「嗯？什麼事？」

「說起來我一次都沒見過紅子的笑容呢。」

皓意外地眨眨眼

「是嗎？她還滿常說笑的耶。」

……確實是這樣。

「呵呵，雖然很少聽到她的笑聲，但她偶爾還是會笑的。」

「真、真的嗎？我好想看啊！」

「這樣啊。我也沒有照片可以給你看，只能直接拜託她。喔，她來了。」

「咦咦！」

回頭一看，紅子剛好推著茶具走進來。

她在夏天裡依然穿著同一套日式女僕裝，衣服和蝶尾金魚一樣是紅黑兩色。那雙大得不自然的黑眼珠與其說是人類的眼睛，更像是魚眼。

……說不定她真的是金魚變成的。

「呃，那個，紅子小姐……」

若是委婉地形容，這就像玩遊戲輸了，被迫去速食店跟櫃台說「請給我一份微笑」一樣丟臉。青兒提出要求時不知所措地頻頻變換表情，紅子倒是回答得很簡潔。

「很抱歉，我是魚，所以不知道要怎麼笑。」

「……」

「開玩笑的。」

想、想也知道嘛……

看到青兒發出乾笑，紅子若有所思地陷入沉默。

「我知道了，有機會的話我會表演的。」

「我、我很期待！」

青兒慌張地大聲回答，紅子淡淡地鞠躬便轉身離開。

她還是一樣讓人摸不透。不過知道她偶爾會笑之後，青兒覺得安心多了。

青兒沒有看過表情豐富的魚類，不過在電視上看過的人面魚，說不定真的會嘲笑在池畔吃冰的觀眾……吃冰？

「啊！」

「嗯？怎麼了？」

「前天紅子小姐做了冰淇淋！加在刨冰上一定更好吃！」

「這樣啊，聽起來不錯呢。」

「也可以試試看罐裝水果，味道應該很搭。」

「呵呵，抹茶冰淇淋和黑蜜或許也不錯。」

「太完美了！」

「那我請紅子明天就做來吃吧。」

「我舉雙手贊成！」

「既然如此，得請你在天黑之前跑一趟超市了。」

「……咦？」

青兒一臉錯愕，皓依然笑容滿面地用湯匙挖著刨冰，一匙匙送入口中。

「因為是你提議的嘛。」

他邊說邊笑，青兒有一種上當的感覺。

「找回來的錢你可以拿去買菸。」

「請讓我去吧！」

青兒迫不及待地站起來。雖然感到門後似乎有一道冷冷的目光射過來，但他決定不當一回事。

「快要入夜了，小心別迷路囉。」

皓邊說，邊拍拍青兒的背。

總覺得皓最近常常拍他的背，這算是一種親密的舉動嗎？青兒不解地走出大門。

*

一走出翠綠的常春藤隧道，蟬鳴瞬間變得吵雜。放眼望去只見無邊無際的黑色圍牆，蟬聲到底是從哪來的？

（糟糕，已經傍晚六點了。）

青兒暗叫不好，穿著運動鞋的雙腳加快腳步。腳下如焦痕般的影子拉得又細又長，眼前一切景象都漸漸變暗，如同透過藍色的霧面玻璃看東西。

逢魔時刻將近。據說那是人與妖相遇的時刻。

問題是，以青兒的情況而言，搞不好真的會碰到妖怪。

（只有這件事我永遠都沒辦法習慣。）

每到黃昏時分，許下地獄的罪人們就如同被燈火吸引的蛾，來到皓經營地獄代客服務的那間屋子。

那些客人在青兒的眼中看起來都像妖怪一樣。

因為在青兒的童年時代，有一塊「照妖鏡」的碎片偶然掉進他的左眼，後來他的眼睛就有了特別的能力，可以把別人隱藏的罪行看成妖怪。

「……咦？」

眼前佇立著一道白色人影。

青兒頓時想到鬼魂二字，但很快就發現那只是個穿著白色水手服的女高中生。

那女孩長得挺漂亮的，皮膚白皙，身材嬌小，頂著髮稍往內捲的妹妹頭，身穿深藍色裙子，感覺十分清純。

「啊。」

女孩也發現了青兒，露出驚訝的表情，小跑步過來。

「不好意思，你住在附近嗎？我迷路了。」

真平凡。青兒近來被異於常人的雇主折磨得一塌糊塗，因此這女孩的平凡令他有些感動。但是……

「我聽說附近有一棵很大的白花八角，旁邊有一間洋房。」

青兒忍不住仔細地盯著女孩的臉。

沒想到她也是皓的客人，但是不管怎麼看，這女孩都沒有變成妖怪，所以她應該不是罪人。

「妳要去那裡做什麼？」

「喔，太好了，你知道那個地方啊。」

糟糕，應該假裝不知道才對。

「我叫須須木芹那，我聽補習班老師說他去年夏天曾經在那裡商量過煩惱……」

原來如此。想必是這場傳話遊戲出了錯，導致她把皓想成厲害的算命師或心理諮商師。

（還好她只是迷路的人。）

仔細想想，如果她是罪人就不會迷路了，因為這裡只有一條路，盡頭的隧道前還立了一塊告示牌。

她之所以找不到路，是因為咒術。

除了該下地獄的罪人以外，沒人能接近皓居住的那間屋子。一般人走進來只會碰到死路，或是迷失方向

「那個，你該不會是在那裡工作的人吧？」

「呃，是啊，算是吧。」

其實他只是食客加寵物。

「啊啊，是喔，原來是這樣。」

青兒不知怎地突然感到一股寒意，脖子後的寒毛都豎起來。

眼前是仰頭盯著他的芹那。怎麼看都很平凡，但他的胸中依然騷動不已。

不太對勁。青兒覺得好像有哪裡怪怪的，卻找不出原因。

「太好了，這樣剛好。」

芹那笑著說道，像是鬆一口氣，然後從書包裡拿出某樣東西。

那是菜刀。

「咦？」

現場氣氛迥變，芹那的表情毫無變化，但她的手上多了一把泛著寒光的凶器。

這一瞬間，青兒終於發現哪裡不對勁了。

（喔喔，對耶……她都沒有眨眼。）

女孩如同生死懸於零點一秒的野生動物，始終緊盯著獵物，不敢有半點鬆懈。

喔喔，對了……這不是人的眼睛，而是野獸的眼睛。

快逃快逃，快逃啊！

青兒立刻沒命地拔腿狂奔。

可是他被凹凸不平的路面絆了一下，差點趴倒在地上。

「糟、糟糕……哇！」

他吃驚地回頭，看到芹那握著菜刀朝他刺過來。

「哇啊啊！」

刀刃像蛇的利牙竄出，青兒急忙往後閃避，幾乎整個人仰天倒下。

他踉蹌幾步，跌坐在地，菜刀的刀刃砍在他剛才所在的地方，差點就砍到他了。

「咿！快、快住手……」

青兒驚慌地想要起身，第二刀又砍了過來，他像烏龜縮著脖子閃過，揮空的菜刀砍在柏油路上。

反作用力把菜刀從芹那的手中震落，她立刻轉過身去，那披頭散髮的狼狽模樣宛如山野傳說中的鬼婆婆。

她為了撿起地上的菜刀而彎下身子時……

（就是現在！）

青兒朝她衝過去，用全身撞向她的背。

芹那雙手抱著肚子，彎著上身倒在地上，但沒有立刻站起來，大概是摔痛肩膀了。

要逃就得趁現在。

青兒急忙轉身，正準備如脫兔般跑走，此時突然想到一件事。

前面只有一條路，如果往那裡逃，等於是和手握菜刀的鬼婆婆一起參加攸關生死的直線競速賽。

（哎呀，可惡，只能拚了！）

青兒採取的行動是脫離賽道。他攀住黑色圍牆，用拉單槓的技巧翻了過去。

如果牆後是一般民宅，他等於是非法入侵，搞不好還會被警察逮捕，但他已經完全豁了出去

「咦？」

跳下圍牆後，他才發現是墓地。

這塊雜草叢生的地面上，零散地豎立著上百個墓碑，更遠處是一座屋瓦頹圮、被竹林包圍的廢棄寺廟，簡直就像亂葬崗。

「不會吧……」

沒想到圍牆後面竟是這般景象。

（說不定這條路原本就是從荒廢的墓地裡開闢出來的。）

就在青兒豎起寒毛時，聽見圍牆外面傳來皮鞋的腳步聲。

——是芹那。

他趕緊屏住呼吸，把注意力集中在耳朵。

腳步聲來來回回地走了很久，像在搜尋消失的青兒，然後漸漸遠去，再也聽不見。

「得、得救了……」

青兒喘了一大口氣，軟綿綿地癱坐在地上。

躲在這裡應該很安全。雖然不知道她會去哪裡，但應該很快就會放棄……

（咦？不對啊……）

青兒突然覺得從頭涼到腳，如同被澆了一盆冷水。

芹那的腳步聲離去的方向……就是皓和紅子所在的屋子！

（糟糕！大事不好了！）

芹那徘徊在這條小巷上，不就是為了要找那間屋子嗎？而且，她的書包裡還放著一把菜刀。

青兒不知道她有什麼目的，但想也知道不是為了商量青春期的煩惱。說不定她現在已經穿過綠色隧道，從敞開的門走進屋子……

（得快點通知他們！）

青兒慌張地翻過圍牆，正準備拔腿衝刺，才想起放在褲子後面口袋裡的手機。

他從短得可憐的通訊錄裡找到號碼，撥打出去，懷著祈禱般的心情聽著撥號鈴聲一聲聲地響著，好不容易聽到紅子的「喂喂」。

「那、那個，芹那她正要殺過去！」

青兒口沫橫飛地叫道，緊接著……

「咦？你該不會就是遠野青兒吧？」

回頭一看，是一位陌生的少年，而且他打扮得像是古早時代的少年偵探。

（這、這個人是誰啊？）

這位少年大約十二、三歲，那雙像西洋貓一般眼角上揚的蜂蜜色眼睛，明亮得能照出他的黑頭髮。少年穿著短袖白襯衫和附吊帶的褲子，頭上的報童帽綴著一朵紅色的人造牡丹花。

綻放在逢魔時刻的昏暗之中，豔紅得彷彿能聞到血腥味。

「哇喔，真巧耶！初次見面！真沒想到能在這時遇見你，看來你的運氣不錯。一定常常有人對你這麼說吧？」

「呃，什麼？」

青兒沒見過這位少年，他們分明是第一次見面，少年卻滔滔不絕地說著，一副跟他很熟的樣子。

正當青兒愕然地後仰時，少年用鼻子哼了一聲。

「什麼嘛，原來你沒戴項圈啊。」

「啊？」

「沒有啦，我只是有點好奇，活人到底要怎麼飼養……唔，沒想到這麼普通。」

少年喃喃說道，同時踢著地上的砂石，像是覺得很無趣。

就在此時——

「找到囉～」

簡直是個差勁的玩笑。

青兒戰戰兢兢地回頭望去，果然是芹那。她手上的菜刀還是乾淨的，可見她在找到屋子前就折返了。

她舉起菜刀，慢慢逼近青兒。

「咦？」

芹那突然停止動作，表現出野生動物碰到更凶暴的掠食者時會有的恐懼。她注視的對象是那位神祕的少年。

「怎、怎麼了？為什麼你會在這裡？」

「好久不見，芹那小姐。真遺憾，立刻就要跟妳道別了。」

少年嘮嘮叨叨地說道，笑容中帶著憐憫和輕蔑。然後，他用指尖指著芹那，如同揮舞指揮棒的指揮家。

「哈哈，不用這麼害怕啦，又不會痛。」

他露出惡鬼般的表情笑著說道。

接著「啪」的一聲，彈響了手指後——

芹那的身體如同斷了線的傀儡，軟癱下去。

她跪倒在柏油路上，看似失神地靜止良久，彎著上身抱著肚子呻吟，彷彿要阻止腹中的內臟掉出來。

然後……

「好餓好餓好餓……」

她重複同一句話，同時用菜刀的前端刮著柏油路，抓起刮下來的砂礫放進口中。

喀吱，喀吱，喀吱……咕嚕。

「……噁！」

不像活人會有的咀嚼聲讓青兒一陣反胃。

芹那站了起來。

「喔，對了。」

她似乎發現什麼事，左手按住下腹部，像在畫圓似地撫摸。

「有飯可以吃啊。」

她愉快地笑著，嘴唇彎成半月狀，接著反握菜刀刀柄，把刀尖對準自己的下腹。

（不會吧！）

青兒的腦袋從來不曾轉得這麼快。

（她說的飯是……）

一般人在突然跌倒時都會把雙手向前伸，芹那剛才卻是抱著腹部倒下，讓肩膀撞在地上，彷彿無意識地保護著肚子裡的東西。

那麼，她現在用菜刀對準的……該不會是她肚子裡的孩子吧？

「等等等、等、下！」

青兒還來不及思考，身體已先動了起來。他朝著芹那的右手衝過去，把她的手腕和菜刀一起扣住。

下一瞬間，青兒感到臉上一陣劇痛。芹那為了甩開他而胡亂揮動菜刀，刀尖劃過青兒的左眼。

直衝腦門的痛楚令青兒支撐不住跪倒在地，他按著自己的左眼，感覺有溫熱的液體滴下來，毫無疑問是見血了。

然後……

「啊，太好了，這個人看起來也很好吃……」

她的矛頭已經轉向青兒。

現在還不到萬念俱灰的地步，他絕對不要乖乖讓人切成肉絲。青兒急著想逃跑，卻因失血和疼痛動彈不得。

就在此時，後面有個東西凌空飛來，打落芹那手中的菜刀。

（是、是鞋子？）

如果青兒沒看錯，那是一隻黑色的短靴。芹那憤怒地轉頭瞪著丟出鞋子的人。

啪的一聲，拍手的聲音傳來，芹那突然倒地不起，好像是昏了過去。

「妳的控球真厲害啊，紅子。」

「過獎了。」

聽這聲音，難道是……

青兒回頭望去，看見用一隻腳站著的紅子身邊就是皓。皓發現青兒滿臉是血，稍微睜大了眼睛。

「哎呀呀。」

……果然是這樣。

看到這一點都不意外的反應，青兒不禁發出呻吟。就算毫不慌張，至少也表現出一點驚訝嘛。這種要求很過分嗎？

「你流了不少血，但傷勢看來沒有很嚴重。總之先做急救，晚點再去醫院……」

皓立刻拿出手帕幫青兒止血，但突然停下動作。

「……該不會傷到眼角膜了吧？」

他說出這句話時，語氣中帶著一絲冰冷。

「唉，真可惜，失敗了。我本來想讓她下地獄，當成一份小禮物呢。」

這句不符合現場緊張氣氛的發言是出自剛才那位少年之口。皓走到青兒身前，直視著那位少年。

白牡丹和紅牡丹——盛開的紅白兩朵花。

「說吧，你到底是誰，這個女人又是誰？」

「唔，解釋起來還挺麻煩的，總之她叫須須木芹那。你記得曾町亨這個人嗎？」

「他是我的第十八位客人。正確地說，曾經是我的客人。」

據說那個人的罪狀是「殺人」。他在國中時期帶頭霸凌，害死了一個同年級的學生，還編造假的目擊證詞陷害無辜的人。

去年八月，曾町亨迷路走進皓的屋子，被皓揭發了罪行，後來為了贖罪而去向警方自首。

「真是可喜可賀……不過還有一個問題，就是這個人。她是曾町亨在補習班教導的學生，他們兩人還有著情侶的關係。」

青兒想起了芹那剛才說的話。

『我聽補習班老師說他去年夏天曾經在那裡商量過煩惱……』

她說的老師就是曾町亨？

但更讓青兒在意的是，從這位少年的語氣聽來，他似乎知道皓在從事「地獄代客服務」。

「芹那小姐在國中時好幾次自殺未遂，她不能接受男友『只不過是殺了人』就選擇離開她，去向警方自首。後來，她和很多從交友軟體認識的男人發生關係，懷了孩子。然後她對坐牢的男友這樣說：『我懷這個孩子是為了讓你知道自己做了什麼事。』」

什麼跟什麼啊？真是亂七八糟。這種做法根本不符合邏輯，一點道理都沒有。她肚子裡的孩子一定也覺得很冤枉吧。

「這是她的第一場『復仇』，第二個目標則是你，畢竟是你害她失去了男友。」

這只是在遷怒嘛。

「她一直在找那個地方卻找不到。這是理所當然的，因為你住的屋子被施了咒。所以我主動告訴她，只要她和男友一樣殺了人，就能順利到達那間屋子。」

這麼說來，迷失於小巷裡的芹那之所以會在書包裡放著菜刀，還攻擊了自稱住在那間屋子的青兒，都是這位少年害的囉？

「原來是這樣。你不只是在可能犯罪的女孩背後推了一把，讓她變成該下地獄的罪人，還讓飢餓神附在她的身上？」

皓的發言讓青兒愣住了。

他剛才說什麼？

「飢餓神——這種妖怪會附在翻山越嶺的旅人身上，讓他們餓到發瘋，甚至奪走他們的性命。據說那是餓死在路邊的人死後化為的厲鬼，是附身餓鬼的一種。」

「答對了！附在芹那小姐身上的就是那種妖怪，可惜中途被人搞砸了。」

少年吐著舌頭說，然後摘下頭上的報童帽，用表演般的動作按在胸前，如同馬戲團的團長在示意觀眾鼓掌。

「還沒自我介紹。我的名字是緋紅的『緋』，讀作『Aka』，是魔王山本五郎左衛門的私生子，也就是你的弟弟。請多指教。」

聽到這番話，連皓都不禁呆住了。

之後，緋從短褲的口袋裡拿出某樣東西，像在餵狗似地丟給青兒。

「難得有這機會，請你一定要接受。啊，不過你若是現在傷重身亡也無所謂啦。」

那是一張對摺再對摺的紙片，上面有一行鋼筆字，想必是緋寫的。

『給遠野青兒：七月吉日一決勝負——』

竟然是挑戰書。

「我誠懇地合掌拜託你接受。這場決鬥，是為了搞清楚我和你究竟誰比較適合擔任『地獄代客服務』的助手——等於是我為了當助手所做的自我宣傳。」

青兒感到頭昏腦脹。是因為失血過多嗎？

相較於茫然若失的青兒，緋卻用指尖轉著那頂報童帽，表情冷淡得像是看著被拍扁的蒼蠅。

「其實沒什麼好比的，看你這麼愚蠢、懦弱、毫無用處，我顯然比你強上百倍。」

「跟青兒相比，這世上哪個人不是比他強上百倍？」

……如果要說傷患的壞話，至少別當面說吧？

皓不理會青兒的白眼，又往前踏出一步，用那纖細的背影保護著紅子和青兒兩人。

「但是無論和他相比，我都不會選你的。」

少年挑起一邊的眉毛。

「咦？難道我哪裡惹你不高興了嗎？」

他邊說邊重新戴好帽子，眼中迸出憤恨的火花，青兒不禁寒毛直豎。

這怒火比紅牡丹更火紅。

「啊哈，不好意思，我就是這種人。最拿手的就是為自己樹敵。」

這時青兒明白了。

——這個少年肯定是皓的弟弟。

皓回答：「我姑且解釋一下吧。你在這件事裡犯了兩個錯，第一個是你設計讓可能犯罪的人變成犯人，第二個是你連她肚子裡的孩子都想要害死。」

青兒心想，真希望皓把緋害他受傷的這條罪也算進去。

無視青兒心中的期望，緋驚訝地眨眼，然後聳著肩像是在說「你在開玩笑吧」。

「曾町亨在獄中罹患了精神病，現在已經住進醫療監獄。跟這個女人扯上關係都會陷入不幸，那個嬰兒當然也是。與其一出生就過著不幸的生活，還不如不要出生，是吧？」

不對，才不是這樣——青兒想要說話，卻只能發出呻吟。
他的意識漸漸模糊，指尖也開始發冷。
除了糾纏不休的疼痛之外，他什麼都沒辦法思考。
「算了，我改天再來吧，這次發生太多意外，太麻煩了。那我先告辭，近期再會囉，哥哥。」
話一說完，緋就消失了。
意識漸遠的青兒，這時終於聽到皓用比較緊張的聲音說「哎呀，糟糕，我都忘光了」，不禁在心中嘀咕……
——我就知道……

＊

他作夢了，夢見連一朵花也沒有的地獄。
在黑暗之中還有更深的黑暗。
無論往哪裡看，都只能看見無止境的漆黑。

這裡究竟是什麼地方？好像不管往哪裡走都走不出去，只能一直站在原地。

基於惡夢特有的跳脫情節，青兒突然發現一件事。

或許不是什麼都看不見，而是這裡真的什麼都沒有。

說不定這片黑暗就像他一樣。空洞，虛無，沒有價值，空無一物。

他沒有家，沒有存款，沒有工作，沒有女友，連唯一的朋友也失去了。

直到何時，直到何時。

無邊無際的黑暗中傳來這個聲音。說不定只是他沒有發覺，其實這個聲音一直沒有停過。

是在笑他嗎？

是在罵他呢？

——還是在呼喚他？

他不自覺朝著聲音傳來的方向走去。

就在此時，一個白色的影子從他的視野掠過。

——是蝴蝶。

他伸出手去，如同墮入地獄的罪人連蜘蛛絲都想要攀住。

青兒覺得指尖似乎摸到了誰的溫暖，突然很想哭。

＊

醒來之後，視野還是一片漆黑。

（……奇怪？）

眨眼幾次之後，青兒才看見熟悉的天花板。

皓的臉突然出現在他面前。

「喔？你醒啦？」

聽到頭上傳來的聲音，青兒終於明白自己的情況。他正躺在自己房間的床上。

事發之後，他隱約記得是紅子把他扶進停在路邊的迷你路華，之後的事全不記得，

大概是昏倒了吧。

傷口已經包紮好，現在他的左眼戴著眼罩，也不像之前那麼痛。青兒「呼～」地吁了一口氣。

「呃，不好意思，現在是幾點？」

「晚上九點。先前是紅子在陪你，但她還要準備明天的家事，所以就換我來了。」

這樣啊。他們一直陪在旁邊好像有些小題大作，但青兒還是很感激。即使他的傷勢不至於有生命危險，但他自己覺得挺嚴重的。

或許是失血之故，青兒感到四肢冰涼，但又滿身大汗，頭髮都黏在額頭上。腦袋似乎比平時更恍惚，可能是發燒了。

此外，最重要的是……

「我聽到你一直在呻吟，還會痛嗎？」

「嗯，有一點。」

青兒不好意思說是因為作惡夢。

而且他的眼睛確實還有點痛，像沙子飛進眼睛一樣，那種有異物卡在眼裡的微微痛楚真是令人鬱悶至極。

「如果太痛的話，可以點一滴有麻醉效果的眼藥水，也得換件衣服……啊，如果你吃得下，最好先吃一點東西。」

皓邊說邊遞給青兒一杯水。

青兒轉頭一看，床邊的桌子上擺著紅子準備的水壺。她真是設想得太周到了。

「太好了，我正想喝水。」

冷水流入咽喉，體內的熱度立刻得到緩解，讓他覺得整個人都活過來了。

仔細想想，當時若是菜刀砍偏一點，說不定他就要喪命了。不過他若真的死了，某人大概也只會說一句「哎呀呀」吧。

「……如果我死了，你大概三天以後就會忘記吧。」

「眼藥水的副作用包括被害妄想嗎？」

皓真心感到疑惑。其實青兒也覺得自己確實因為受傷而變得更悲觀。

「再勞煩紅子過來有點不好意思，就讓我來削個蘋果吧。」

桌上還擺著一盤小小的蘋果，旁邊放著摺疊式水果刀。

「咦？你會削蘋果嗎？」

「會啊，不過廚房的工作一般都是由紅子負責。蘋果要不要切成兔子形狀？」

「……我要松鼠形狀。」

「你現在的臉還真像藏狐。」

青兒刻意找碴，但皓不到一秒就回敬他。

皓用俐落的動作削好果皮，切成塊狀，用叉子插著。

「不管怎麼說，我還是希望你快點好起來。」

「喔，是這樣嗎？」

「你若是不在了，我會很無聊的。」

這句話讓青兒好感動。人在脆弱的時候或許很容易被騙吧。

「我開動了。」

青兒接過盤子，用叉子叉起一隻隻紅白兩色的兔子。雖然他因為發燒，才吃兩口就沒食欲，但還是發揮出貪吃鬼的毅力吃了半盤左右。

「那個，後來芹那小姐怎麼樣了？」

「沒怎麼樣——這樣說應該是最貼切的吧。總之，我讓她忘掉和這間屋子有關的一切記憶，但是其他事情就跟我們無關了。」

確實是如此。

這樣說似乎有些冷漠，但其餘的事確實是她自己的問題。不過……

看到青兒陷入沉思的模樣，皓也露出若有所思的表情。

「……她很像『生成』（Namanari）。」

「啊？」

皓接著說：

「我指的是能劇的面具。為愛瘋狂、化為惡鬼的女人叫『般若』，而『生成』可以說是般若的前一個階段，既不是人也不是鬼，而是正在變成鬼的過程中。」

「喔，原來如此。我倒是覺得她很像鬼婆婆。」

「呵呵，這樣啊。不過真正的鬼應該更加……」

皓說到這裡突然停住。他好一陣子沒說話，像是在思考什麼。

「對了，那個叫緋的孩子……」

「啊！那個小屁孩……他真的是你弟弟嗎？」

那位少年自稱是山本五郎左衛門的私生子。

「天曉得。他既然可以使喚飢餓神，至少可以確定他和我一樣有魔王的血統，或者是這一類的種族。不過若說他是我的弟弟……」

皓又停了下來，然後放棄地搖搖頭。

「不管怎樣，我已經告知相關人士，近日應該就會收到回音。就算我再怎麼不願意也會收到。」

看來皓似乎不太欣賞那個人。不對，現在更該問的是……

「我的左眼會好起來嗎？」

青兒問完，立刻發現皓輕輕地倒吸一口氣。

「你這陣子還需要持續服藥、點抗生素藥水，半個月以內傷痕就會消失了，但是……」

皓停頓一下。

「視力或許會受到些許影響，你先做好心理準備吧。」

青兒心想，啊啊，他開始避重就輕了。

皓大概是出白體貼才刻意不提那些事吧。

——直到何時，直到何時。

鳥妖不停喊叫的聲音又盤旋在耳中。那刺耳的叫聲說不定是青兒自己的心聲。

自己還能在這個地方待到何時？

如果他的左眼失明……或是近乎失明，他失去的將不只是視力。既然皓請青兒當助手是因為照妖鏡的能力，若是失去能力，那他遲早會被趕出這間屋子。

皓不太可能叫青兒一口氣還清他代墊的三千萬債務，不過這事只能由皓來決定。就算皓願意讓他分期付款，他能選擇的也只有拍賣內臟這條路。

（我今後要怎麼辦呢？）

他租的公寓早已經解約，跟家人基本上也沒有往來。

之前曾打過一次電話回家，結果只聽到一句「我兒子已經死了」就被掛斷電話。青兒猜想，家人大概以為是電話詐欺吧。不過他既然負債潛逃，等於是半個失蹤人口。

世上沒有一個地方可以容他棲身。

（話說回來……）

青兒覺得自己真是太現實了。他在短短幾個月之前，一心想要逃離這份工作，如果這麻煩的左眼恢復正常，便能擺脫這個職務，他應該要高興才是。

話雖如此——

「對了，青兒，你當時為什麼要保護她的孩子？」

「啊？」

皓指的是他跟芹那搶菜刀的事。

「你單槍匹馬去對付她，像是蝸牛對抗奧運田徑選手。你應該也很清楚自己搞不好會賠上性命吧？」

……真希望至少能被比喻成巴西龜。

「呃，該怎麼說呢，那個……如果要從我和嬰兒之中二選一，我會選嬰兒。」
問題在於，該活下去的是誰。
青兒並非看不起自己，也不是自暴自棄，只不過他對自己的價值有所自覺。
他活到這個年紀還沒做過任何一件像樣的事。
拉單槓、乘法計算、游泳、人際溝通技巧、考試、求職……人生各階段必須跨越的障礙，他全都視若無睹。這就像是明知腳踏車爆胎了還一直騎，只是在自欺欺人。
如果有測量得出生命價值的天秤，無論和誰相比，天秤都絕對不會傾向他這邊。
而且……
「那個叫緋的少年說，芹那小姐的孩子不要出生比較好，但我不這麼想。」
那句話聽起來簡直像在說青兒。
被批評、被質問、被貶低、被責罵——然後摀著耳朵逃開。
回顧過往，他的人生不斷上演這種情節。即使如此，他也從未想過「自己不要出生比較好」。
更重要的是……
「那孩子以後會不會過得不幸，現在又還說不準。」

回想當時的情況，他朝芹那撞過去時，她先保護的是肚子裡的孩子。
就算那只是出自本能的下意識舉動，將來還是有可能演變成愛。
沒有人知道未來是好是壞——正是因為不知道結果，活著才有意義。
「青兒果然是青兒啊。」
皓吁了一口氣。然後，他翻開夾著書籤的文庫本。
「不過如果換成別人，我現在應該不會待在這裡。」
青兒本想問皓這句話是什麼意思，卻突然明白過來。
他對那艱澀的書名還有印象，皓在吃刨冰之前也是在看這本書，不過書籤的位置已經從中間移到後面。
（難道……）
青兒醒來時，皓說他才剛跟紅子換班。
但他接著又說：『我聽到你「一直」在呻吟，還會痛嗎？』
——喔喔，原來是這樣。
如果皓在青兒徘徊於黑暗時，一直陪在他身邊，那隻白蝴蝶說不定就是皓吧。

第二怪◆鬼

——真的很奇怪。

青兒一面喝著飯後的焙茶，一面不知是第幾次在心中喃喃說道。

順帶一提，今天的早餐是以櫻花蝦蘿蔔糕為主的日式餐點。明明只是蘿蔔做的，卻好吃得令人不敢相信。

青兒注視的是皓。

皓的面前有個裝著甜點的桃形小碗，他一手握著叉子，視線飄忽不定。就算偷偷把醬油倒進去，說不定他整碗吃光了都不會發現。

（皓最近老是這個樣子。）

事發之後過了一週。

青兒已經確定沒有失明的危險。

他本來每天要點五次藥水及換繃帶，但疼痛已逐漸消失，現在只有眼皮上還殘留著一點傷痕。

雖然視力多少會減弱一些，不過青兒兩眼的視力都是一點五，所以不會有太大麻煩。說不定照妖鏡的能力會受到影響，但現在還無從得知。

因此一切都如同往昔，青兒本想繼續過他悠然自得的食客生活……

（原因大概是那封信吧。）

一週前，皓向「相關人士」打聽了自稱是山本五郎左衛門私生子的緋的事，隔天立刻得到回覆，收到的是一張泛黃的黑白照片。自從皓看到那張照片之後，就變得怪怪的。

青兒不知道那究竟是什麼照片，只知道皓此後無論做什麼事都心不在焉，好像丟了魂似地。

皓似乎一直在思考某件事。

——你是不是有什麼煩惱？

青兒很想這樣問皓，但事情既然和那位少年有關，想必會牽扯出魔王一家的私事，青兒只不過是食客的身分，實在不方便過問太多。

說是這樣說，但他也無法假裝沒看到，所以他現在就像一隻在生病的飼主身邊繞來繞去的笨狗。

（對了，紅子小姐說不定會知道些什麼。）

當青兒想到這點時，紅子剛好走進書房。她手上拿著一封信，看上去只是普通的白色信封。

「這是今天的信件。」

「喔，真難得。有勞妳了。」

青兒問了之後才知道，寄到這間屋子的所有郵件都會寄放在郵局，由紅子每天去拿回來。她的勤奮真是令人感佩。

「那個，紅子小姐，晚點我有事想找妳商量……」

青兒正要跟她說話時……

「皓大人，你怎麼了？」

紅子的語氣顯露出罕見的驚訝。青兒回頭望去，頓時愣住。

皓白皙的臉龐如今血色盡失，簡直跟死人沒兩樣。

「到、到底是怎麼回事？」

青兒慌張地問道，並立刻注意到某樣東西。

皓的手中拿著紅子剛才拿來的信件。是因為那封信的內容嗎？

「啊……」

一張信紙翩然落下。
青兒一把接住，打開一看，裡面是一行用鋼筆寫的字。

在此預告。
八月十九日，Isola Bella 旅館將會發生分屍案。我保證，比天堂更美麗的地獄會在一個晚上終結。敬請前來參觀。

這內容真是莫名其妙。
但青兒不知為何感到背脊發涼。
「那個，這是……」
他正想問這是什麼東西，卻突然發現有些事不太對勁。
皓目光的焦點不是青兒拿在手上的信紙，而是信封。
青兒偷瞄了一下，看見信封上同樣用鋼筆字寫著長崎某處的地址。仔細一看，長崎的後面寫的不是現代日文的「県」，而是古字的「縣」，透出一股古典的感覺。最後面的地名是古鷗島，以及 Isola Bella 旅館。

寄件者的名字是絢辻璃子。

「這大概是委託信吧，也有可能是挑戰書。」

皓以沙啞的聲音回答了青兒的問題。

然後……

皓抬起眼來，剛才的驚慌已不復見。他露出白牡丹一般的明豔笑容，令青兒幾乎懷疑自己剛才看錯了。

「那麼，青兒，我們就跑一趟九州去參觀地獄吧。」

——八月十九日。

青兒和皓一起動身前往長崎。

*

若問最不適合皓的是什麼季節，青兒一定會回答「夏天」。應該說，想要找到一個和夏季天空、積雨雲、向日葵花田這麼不搭調的人還挺難的。

但如今，長崎機場的瞭望台上，皓在覆蓋著大片白色積雨雲的夏季天空下翻閱青兒買來的觀光導覽手冊，那幅光景怎麼看都像是做壞了的合成照片。

不斷有外國遊客用英文叫著：「哇喔，是和服耶！」「好酷！」還猛按著手機的快門。如果去跟他們商量，說不定能拿到拍攝酬勞。

八月十九日。

凌晨五點，此時天都還沒亮。

青兒從紅子的手上接過兩個行李箱，睡眼惺忪地跟著理所當然兩手空空的皓前往羽田機場。

如果是青兒自己一個人旅行，應該會選擇夜行巴士和青春18車票，進行長達二十個小時的強行軍，但這次是和皓一起，當然是選擇不到兩小時的空中路線。無論是人類或魔族，沒錢都是萬萬不能。

兩人利用等待搭乘的時間，在機場內吃了遲來的早餐。

他們點了蝦子和烏賊多到快要滿出來的長崎強棒麵，充滿海鮮美味的湯頭和嚼勁十足的粗麵交融在一起，讓人吃完了還覺得意猶未盡。

「這麼好吃的麵，真想讓紅子小姐也嚐嚐看。」

「晚點我們再買冷凍的寄回去吧。長崎蜂蜜蛋糕好像也挺不錯。」

聽到青兒的喃喃自語，皓贊同地點頭回答。

青兒本來以為紅子會一起來，但她另有工作，無法離開，所以只能分開行動。

『妳千萬不要太勉強喔。』

離別之際，皓曾這樣提醒紅子，看來她似乎有某些特別的工作，不過以紅子的能耐，不管是什麼工作想必都能輕鬆解決。

「好啦，接下來要轉車前往五島福江機場，然後改搭海上計程車。」

「喔，那個地方也太偏僻了吧。」

他們的目的地是距離五島列島的福江島——長崎縣西邊的離島——十五公里的吉鷗島，要搭五十分鐘的船才能抵達。

既然如此，只能先做好心理準備。一到達離島，青兒就買了薄荷口香糖當作安慰劑，暈船藥當然也吃了。他本來以為已做好萬全的準備……

沒過多久，船上就出現了一隻魚尾獅。

「如果把你的臉打上石膏，好像會噴水出來呢。」

「……想參觀的話請先付錢。」

雖然青兒生於漁民家庭，但他二十三年來都沒有克服過暈船毛病。那嘔吐的姿勢幾乎可以送進名人堂。只見他趴在船舷上，腦袋伸到海面上，保持著這種獨創姿勢足足三十分鐘。

或許因為他吃的是比平時更貴的暈船藥，總算還能在下船前恢復成用兩隻腳走路的狀態。

「我、我存活下來了。」

「喔喔，歡迎回來。你嘔吐的姿勢幾乎讓我看到入迷呢。」

青兒和皓一起站在後甲板上抓著扶手，皓還摸了摸他的頭。

在豔陽的照射下，船掀起白色的波浪往前駛，海鷗在天上鳴叫，這個地方真是充滿夏季度假勝地的風情。

「我記得你是在海港小鎮長大的，你一定很懷念大海吧。」

「呃，這個嘛……完全沒有。」

說到船、大海、游泳池，青兒只記得被人半開玩笑地推下水的事，所以一回憶過往就會感受到嗆水的痛。話說回來，既然是「半開玩笑」，另一半是什麼？殺意嗎？

「對了，那封信的地址寫的是吉鷗島，那麼 Isola Bella 旅館應該是度假飯店囉？」

「正確地說，它曾經是度假飯店。那裡本來是無人島，現在是國內最小的有人島之一。」

據說 Isola Bella 旅館曾經是只接受會員入住的高級旅館。

回顧泡沫經濟的顛峰期，原本只有岩石、不見人煙的吉鷗島，在三百億圓的鉅額投資下打造起度假村。

剛開始動工時，報紙和電視還大張旗鼓地報導過，但是泡沫經濟崩壞後，經營隨之惡化，吉鷗島本來就有交通不便的缺點，再加上鍋爐爆炸之類的不幸事件，旅館還沒開始營業就宣告關閉。

「後來吉鷗島有一段時間形同廢墟，但在某些特殊愛好者之間倒是頗受好評，被譽為『世上最美的廢墟島』，甚至有人跑去那裡拍電影。」

「原來也有這種怪人。」

「呵呵，『Isola Bella』是義大利文，意思就是『美麗之島』。」

青兒一問之下才知道。

義大利和北邊瑞士接壤處的湖泊——知名的觀光勝地馬焦雷湖——有一座屬於貴族博羅梅奧家族的貝拉島。

Isola Bella 旅館就是模仿那座貝拉島建造的。正確地說，做為範本的應該是島上的傑出巴洛克建築，有名的博羅梅奧宮殿，以及金字塔型的巴洛克式義大利庭園。

「貝拉島本來也只是個光禿禿的小島，博羅梅奧伯爵卡洛三世將那裡打造成一座水上樂園，送給妻子伊莎貝拉。」

疼老婆到這種地步也算是一種豐功偉業了。

「博羅梅奧伯爵的家族是知名的人偶蒐藏家，很巧合的是，買下 Isola Bella 旅館的也是個知名的製偶師。」

——絢辻幸次。

就是寫信來的絢辻璃子的父親。

幸次是大企業家的次男，二十年前買下 Isola Bella 旅館當作住家兼工作室，花了長達兩年的時間改建裝修後，和當時兩歲的獨生女璃子、當過芭蕾舞者的妻子玻璃，一家三口住了進去。

「他正式的頭銜是『製偶師』，但他都自稱是『活人偶師』。」

「呃，活人偶……？」

「那是從幕末到明治時代流行於難波和淺草一帶的表演。如字面所示，是用長得跟活人一模一樣的人偶來演出當時知名的凶殺案或戲劇的一幕。」

也就是超寫實的真人比例模型吧。

「但是活人偶在當時被視為藝術價值低下的『庸俗玩意兒』，在近代化時就被廢棄了。然而，幸次先生的作品享譽國際，被說是『逼近人類本質的超現實主義』。今昔對比真是令人感慨啊。」

皓做出感觸良多的評論。

幸次本來是少數人知道的鬼才，只在同好間享有盛名，之所以會變得這麼出名，是因為一齣前衛舞台劇。

那一齣受江戶川亂步散文啟發的戲劇，用一尊長得和主角一樣的活人偶來飾演雙胞胎的另一人，完美達成一人分飾兩角的「獨角戲」。

聽說還有觀眾以為舞台上的兩人是真正的雙胞胎。

『我自己也會常常搞混演員和人偶。那尊人偶真的做得比活人更像活人。』

幸次的作品在登台主演之後得到這般評價，如今已經漲到一尊五千萬圓的天價。即使如此……

「幸次先生搬進 Isola Bella 旅館後還舉辦了一陣子的藝術沙龍，邀請很多知名的文化人，但是他在四十歲時突然宣布退休。他說：『我最完美的傑作只有我的愛女璃子，其他全都是偽造的差勁作品。』」

「真的假的……」

「起初大家也只是半信半疑，令人吃驚的是，幸次先生後來還毀掉手邊所有的作品，就這麼退休了。」

這個人真是言出必行。

不過幸次天生喜愛社交，退休後依然開放 Isola Bella 旅館做為沙龍，所以旅館在之後的兩年成了藝術家和收藏家聚集的聖地，被譽為海上樂園……

「但是 Isola Bella 旅館在十年前發生了一件不幸的事。幸次先生的妻子玻璃女士跌下樓梯摔死了。」

而且悲劇並沒有就此結束。

「璃子小姐不巧目睹了母親死亡的場面，受到很大的打擊，於是罹患精神疾病。據說她的病情直到今天都沒有好轉。」

「該怎麼說呢……，這也太悲慘了吧。」

真的只能說是悲劇了。幸次先生一定也受到很大的精神衝擊。

「是啊，聽說他連個性都變了，不再跟藝術界的人交流，也排斥和人往來，兩年前甚至辭退了所有傭人，從此不在人前露面……呵呵，其中必然大有文章啊。」

是他太多心了嗎？總覺得皓的語氣越來越像在講鬼故事。

「其實前面那些都是開場白，Isola Bella 旅館在玻璃女士發生意外之後出現了一樁怪談。」

「呃，那個，不用告訴我。」

「事情是發生在那場意外的半年前……」

青兒連拒絕的權利都沒有，只能無力地瞪著皓。

「喔，真可惜，要留到下次再講了。」

「啊？」

「我們快到了。」

皓指著前方說道。

青兒轉頭一看，忍不住「哇」地叫出來。

船不知不覺已經開到島外幾百公尺處，小島像一個圓形石板，Isola Bella 旅館占據了大部分的面積。

不，不對，應該說整座小島就是一間巨大旅館，乍看之下真像是漂浮在蔚藍海上的歐洲城堡。

「好、好厲害。」

「呵呵，如果晚上再颳起暴風，就是完美的場景了。」

……為什麼他老是把話題扯到恐怖片的方向？

不過，如今萬里無雲，陽光越來越熾烈，而且最近的天氣都很晴朗，怎麼想都不可能颳起暴風。

距離岸邊只剩數十公尺，船掀起的白色浪花在海面畫出一個弧形，沿著陡峭的懸崖繞了小島半圈，最後駛進一個像是波浪侵蝕而成的海灣。

碼頭有條細細的棧橋，木樁上停著海鷗。船如同從水面滑過，輕輕停靠在棧橋旁。

青兒吃力地提著兩人的行李爬下梯子，達成任務的海上計程車又立刻折回福江島。

「喔，好像有人來接我們了。」

「咦？不可能吧？我們又沒有事先聯絡……」

結果真的是如此。

有個男人走下白色岩石砌成的階梯。那是一位中年紳士，看上去像個管家，可能有外國血統，鼻梁高挺，眼睛帶些灰色，頭上混雜著白頭髮，乍看就像銀髮。

「不好意思，這座島是私人土地，不能擅自進入或拍照。我會幫你們叫船，請你們回去吧。」

雖然他的口氣溫和，但擺明了是叫他們「快滾」。既然這裡是知名景點，擅自闖入的廢墟愛好者想必是絡繹不絕。

皓往前走一步，低頭行禮說：

「冒昧打擾真是抱歉，我叫西條皓，在東京做類似煩惱諮商的工作。日前，住在這裡的璃子小姐寄了委託書給我。」

「……委託書？大小姐？」

「是的，她請我八月十九日來到這裡。信中沒有附上電話號碼，所以我只能直接過來，真的很抱歉。」

皓說的話句句屬實，真是太厲害了。

「可以讓我和璃子小姐見面談談嗎？」

皓又問了一次，男人卻沉默不語，可能是在思考。

然後……

「事情好像有點複雜，還是進去再談吧。請往這裡走。」

總算突破第一道關卡了。青兒偷偷和皓擊掌，跟著老紳士走上白色石階。

「哇，好棒喔！」

走進大門後，青兒忍不住驚嘆。

出現在眼前的是天花板挑高的大廳。

地上用馬賽克磁磚拼成美麗的幾何圖形，半球狀的天花板和支撐著屋頂的柱子都是晶瑩剔透得令人屏息的珍珠藍。

二樓環繞著一圈迴廊，在正面和大階梯匯合。

上下兩層窗戶透進陽光，牆上細緻的白色花紋——據皓所說那叫灰泥粉飾——美得如夢似幻，整個空間儼然是一件藝術品。

「這應該是模仿博羅梅奧宮殿的大廳建造的吧。那是用來舉行音樂會或舞會的地方。」

「喔喔，的確有那種感覺……咦？那扇門是？」

青兒指著迴廊的一個角落。在一排間隔相等的白色門扉中，只有一扇門是黑色的。

「喔？你看得真仔細。那是通往離館的門。這裡有一棟從旅館時代遺留下來的離館，裡面全是客房。順便一提，本館是主人一家子住的。」

「這樣啊。你調查得真清楚。」

「呵呵，這都得感謝紅子。」

老紳士走在竊竊私語的兩人前方，從大廳裡往右轉，打開右翼的一扇門，裡面是類似會客室的房間。

房間底端有一座暖爐，爐前放著兩張扶手椅，裝飾著精緻鑲嵌的桌子後面是一張紅色天鵝絨的躺椅。

過了片刻——

「遲遲沒有正式問候真是抱歉。我叫霜邑潤一郎，負責照顧這座島的主人幸次先生。」

老紳士做了自我介紹，手上端著兩杯柳橙汁。

那似乎是他自己用果汁機打的，新鮮果汁裡摻著細細的碎冰，有點像是冰沙。老實說，青兒真想再喝一杯。

「很好喝，謝謝！」

「合你的口味真是太好了。」

霜邑先生溫和地笑著，讓人感到超乎尋常的親切感。看來他是會讓初次見面的人感到安心的類型。

望著青兒的那雙灰色眼睛眨了眨。

「對了，這位是～」

皓過了一下子才回答：

「這是我的助手濱野青兒。」

……他一定是忘記了這個頭銜。

「你說煩惱諮商，意思是收費的顧問嗎？」

「不，我沒有收費，比較像是公共服務的外包業務。我做這份工作完全是義工。」

而發包的老闆是地獄的閻魔大王。

「對了，霜邑先生在這裡工作很久了吧？你負責管理傭人嗎？」

「不，在這裡工作的只有我一人。我住在這裡八年了。」

「不會吧！這麼大的房子耶！」

青兒忍不住插嘴。霜邑先生和氣地呵呵笑著。

「是啊，基本上只有我一個人，但如果像今天這樣有客人留下來過夜，就會臨時僱用兼職人員。」

「喔？難道是幸次先生的親戚來了嗎？」

皓不經意地問道，霜邑先生卻露出驚覺的表情，閉口不語。他可能很後悔自己太多嘴，輕咳一聲，調整一下姿勢才又開口：

「如果你不介意，可以讓我看看大小姐的委託書嗎？」

「嗯，請看。不過我對諮商內容有保密的義務，所以……」

皓出言回絕，同時把空信封交給他。霜邑先生仔細觀察了片刻，歪著腦袋對皓說：

「很抱歉，這應該不是大小姐寫的，但郵戳確實是本地。難為你大老遠跑一趟，不知道寄信的人用意何在，我猜多半只是個惡劣的玩笑吧。」

他的語氣中夾雜著一絲同情。

的確，為了一封假的委託書千里迢迢跑來九州，真的是很愚蠢。

「為了慎重起見，我可以當面向璃子小姐確認嗎？」

「……很遺憾，我想應該沒辦法。」

「喔？為什麼？」

皓歪著頭問道，霜邑先生的灰色眼睛垂下了眼簾。

「大小姐在十年前因母親過世深受打擊，至今仍處於解離性昏迷的狀態。」

「解、解離？」
突然聽到這麼艱深的詞彙，青兒不由得發出疑問。
「那是承受不了太大的精神打擊而產生的解離性障礙。有些人在遭遇凶殺案、意外事故、災害之後，為了保護精神不受損害，就把意識從現實中抽離了。」
皓照例小聲地為青兒說明。
「陷入解離性昏迷的意思就是聽不到旁人呼喚，對聲光之類的外在刺激也毫無反應，當然不能說話或行動。」
這簡直就是活人偶嘛。
「原來如此，我明白璃子小姐的情況了。」
皓點點頭，又轉回霜邑先生。
「璃子小姐的主治醫師現在在島外嗎？」
「不，在這裡……就是我。」
竟然是他。
「我還沒來這座島之前是在東京開一間精神科診所，現在是他們父女兩人的主治醫師，負責照顧他們的日常生活。」

真令人意外，霜邑先生怎麼看都是個與生俱來的管家，沒想到他的正式頭銜竟然是醫生。

「很遺憾，身為主治醫師，我不能答應你們的會面申請。」

「嗯，我知道了。叨擾你們真是抱歉。」

沒想到皓這麼爽快就放棄。

霜邑先生如釋重負地長吁一口氣。

「我會儘快叫船來接你們，請你們在此稍待片刻。」

他說完之後鞠了個躬，走出房間。如果現在乖乖回去，這一趟就真的白跑了。

皓突然揪住青兒的衣服。

「青兒，我們去借洗手間吧。」

「啊？我也要去嗎？」

「是啊，兩個人一起找會比較快找到。無論是找洗手間，還是找璃子小姐。」

原來他是要用找廁所的名義在屋內探索。

青兒心領神會地起身，和皓一起在這間 Isola Bella 旅館展開了調查。

*

兩人先回到玄關大廳，然後從大階梯上二樓。扶手飾有漩渦狀浮雕的大階梯雖然美得令人陶醉，卻好像有些歪歪扭扭的。

「巴洛克一詞源自葡萄牙文的『barroco』，意思是『不規則狀的真珠』。因為大量使用曲線構造，難免給人一種歪曲的感覺。」

皓邊說邊走上階梯，青兒也緊隨在他的身後。

「那個，你不讓霜邑先生看看那封信的內容嗎？」

「喔？為什麼這麼說？」

「既然郵戳是這個地方的，寄信的人應該和這座島有關係，說不定霜邑先生認識那個人。」

「虧你注意得到，真不像你。」

皓的語氣非常感動，宛如飼主看到愛犬第一次接到飛盤時的反應。

「但我覺得最好不要太相信霜邑先生。」

「咦？為什麼？」

「因為他的臉頰有些抽搐。而且，我還是覺得寄信的人並非完全不可能是璃子小姐本人。」

「是嗎？可是璃子小姐現在依然……」

「天曉得，說不定她早就恢復正常了，只是為了瞞過眾人耳目而假裝成活人偶。」

「為、為什麼要這樣做？」

「我也不知道，但是，若有什麼事會威脅到她的性命安危，她待在這座島上就一定逃不掉。」

青兒突然想起信中的一句話：『比天堂更美麗的地獄。』

這裡的每個角落都充滿屋主的美感，整座島就像一件藝術品，同時是無路可逃的牢籠。

（如果今晚這座島上真的發生什麼事……）

其實青兒本來不太相信那封信是「委託書」，但事態或許比他想像得更嚴重。既然如此，信上寫的「分屍案」……

「……嗯？」

青兒突然產生一個疑問。

他原本以為這次的委託和鵺那件事一樣，都是過去事件的相關者告知的，但璃子小姐若是十年來都沒離開過這座島……

（那她怎麼會知道我們的地址？）

青兒正覺得疑惑時——

「……喔，這還真是驚人。」

「哇，好壯觀啊！」

樓梯間有一扇窗戶可以看到庭園。

「這是稱為grand theatre——義大利文的『大歌劇院』——的金字塔型巴洛克庭園。這簡直足以媲美世界七大奇蹟之中的巴比倫空中花園。」

皓讚嘆地說道。

階梯狀的庭園有一層之高，每一層都豎立著劇場舞台會有的石柱和雕像，簡直像一座巨大的神殿。

離地數十公尺高的最上層陽台——可以將遠方水平線一覽無遺的地方——有一尊彷彿隨時要衝上天際的獨角獸雕像，聽皓說那是博羅梅奧家族的標誌。

「獨角獸這種幻想生物，自古以來就經常被歐洲家族拿來當作家徽，其實牠的性格既凶暴又傲慢，據說獨角獸是因為被趕出諾亞方舟，所以在大洪水中滅絕了。」

「喔喔，從外表還真看不出來。」

換句話說，就像是更高傲的胖虎吧。

皓抬頭看著那隻角指著的藍天。

「差不多要颳起暴風雨了。」

青兒的臉上必然露出懷疑的表情，因此皓對他招招手，然後推開角落的一扇小氣窗。

「哇！」

一陣強風吹進來，青兒不由得後仰。

風不知何時變得這麼大，夾帶著厚重的濕氣，嗡嗡地咆哮。仔細一看，庭園後方的水平線也掀起白色的波浪。

暴風雨快要來了。

「怎、怎麼會突然……咦咦？颱風？」

青兒急忙關上小窗，打開氣象預報APP一看就發出哀號。

有個大型颱風正朝這裡接近。目前位於中國上空的颱風出人意料地急轉彎，今晚整個九州就會被籠罩在暴風圈內。

青兒回想起搭乘海上計程車時，船長的臉色不知為何有些凝重，原來是因為這個颱風的緣故嗎？

「是啊，當時船隻卻準備停駛了。不過這天氣未免變得太快，搞不好是因為附近有個雨男。」

聽到皓悠哉的發言，青兒立刻吐嘈「怎麼可能嘛」。就在此時……

「你是要我說多少次！總之先讓我見璃子！」

突然有個怒吼傳來，聲音來自迴廊的其中一扇門前——剛好在會客室的正上方。有一位青年朝著擋在門前的霜邑先生逼近，兩人似乎起了爭執。

那位青年和青兒一樣是二十歲出頭，該說他是美容師類型嗎？那修長的身材把合身牛仔褲和寬鬆垂墜上衣這種時尚穿搭襯托得極為出色，一看就像模特兒或演員。

「……咦？」

「怎麼了？」

「是我多心嗎？怎麼覺得好像在哪裡見過那個人……」

說是這樣說，但他絕對不是青兒的熟人或朋友。如果用熱帶草原的動物來比喻，他們兩人的差距就像獅子和裸鼴鼠一樣大。

不過，那張清秀俊朗的臉孔如今像惡狗一樣緊緊皺著，讓人看了就退避三舍。

「我說過很多次了，身為主治醫師，我不能答應你的會面申請。」

霜邑先生的語氣也帶著冰冷的拒絕之意，感覺好像完全變了個人。

「喔，是嗎？那我就得繼續待下去了。爺爺的遺言說過『如果家族之中有人想要留在這座島上，非得接受不可』，沒錯吧？」

「是的，確實是這樣。不過你已經被建治郎先生斷絕關係，究竟能不能算是家族的一分子，恐怕還有疑問吧。」

「哼，你還真敢說啊。」

啊？遺言？建治郎？他們到底在說什麼？

「絢辻建治郎……那是幸次先生的父親吧。」

為了避免被吵架的兩人發現，悄悄坐在樓梯間角落的皓說道。青兒當然也蹲在他的身邊。

「我說過幸次先生是大企業家的兒子吧。」

「嗯，是啊，我記得他是次男。」

「建治郎先生是個了不起的企業家，他的家族原本只是經營一間小鎮工廠，到了他這一代就發展成國內數一數二的綜合建設公司。他直到八十歲都待在工作崗位上，但在今年年初因為腦中風過世了。」

這筆莫大的遺產都依照他先前的遺言分發出去了，其中也包括這間 Isola Bella 旅館。

「幸次先生雖是知名藝術家，但個人資產並沒有多少，這座島的所有權在名義上屬於出錢的建治郎先生，幸次先生頂多只能算是住在島上的管理人。」

不過在繼承遺產之後，這座島就屬於幸次先生了。

「那是附加條件的遺言，可以要求繼承人承擔某種義務。幸次先生接受的條件就是『如果家族之中有人想要留在這座島上，非得接受不可』。」

所以如今才會出現死賴著不走的麻煩客人。

「那是絢辻一冴，璃子小姐的堂兄弟，聽說他是時尚設計師。」

「啊！」

「怎麼了？」

「我想起來了！他以前在網路上被罵過！」

青兒拿出手機搜尋「絢辻一冴」，有幾個點閱率特別高的新聞網站，每個都是跟演藝圈相關的八卦新聞。

兩年前，某間大型經紀公司計畫讓男性時尚雜誌的專屬模特兒和年輕的時尚設計師搭檔，成立一個新的時尚品牌，那位設計師就是一冴。

那兩人都有適合上電視的俊美外表，新聞一直吹捧他們是「才華洋溢的夢幻組合」。有一段時間，他們紅到登上了東京時裝秀，還在市中心最熱鬧的地方接連開了兩間店，從一開始就是一帆風順。但是……

「後來因為一件T恤一萬圓的昂貴定價和不適合日常裝扮的奇怪設計，他們在Twitter上受到很多批評。就在品牌的名聲越來越差時，搭檔的模特兒還爆出了婚外情風波。」

因此店裡的營業額一下子跌到谷底。

不過那位模特兒推托地說「我只負責給建議，完全沒有參與經營和設計」，避開了大眾的焦點。

之後店裡的業績始終沒有恢復，結果就倒閉了。

「呃……可是這品牌在國外的評價不錯耶，還被選為當紅連續劇主角的服裝。」

姑且不論經營手腕，他在設計方面應該還是挺有才能的。

從他的經歷來看，他還在讀設計學校的時候就獲得了能令新人設計師一舉成名的新人獎。此外，他的外表相當出眾，所以才會被經紀公司注意到。感覺就像被推上泥船，又被一大群人掀翻了船。

「可是，他為什麼要見璃子小姐？」

「誰知道呢。如果他有經濟上的困難，八成是為了錢吧。聽說建治郎先生死後，璃子小姐繼承了一億圓以上的資產。」

真是難以想像的一大筆錢。那麼，霜邑先生是為了不讓覬覦遺產的狡詐之徒接近璃子小姐，才會獨自留在這裡囉？

就在此時——

「那、那是怎麼回事？」

青兒看到出現在樓下的兩條人影，突然瞪大眼睛。

第一個是巨大的烏鴉怪物，牠有著像骨骼標本一樣蒼白的鳥喙、烏黑的圓眼，覆蓋著漆黑翅膀的巨大身軀恐怕超過一百八十公分。

青兒本來以為那是變化成妖怪模樣的罪人，但是……

「……好像是假扮的。」

仔細一看，那人戴著蠟做的鳥喙面具，眼睛之處是兩個洞，身穿長達腳踝的漆黑長袍，頭戴黑色的寬簷帽，手上還戴著黑色皮手套。再加上那不像日本人的高大體型，詭異得不管走到哪都很引人注目。

更讓青兒訝異的是輪椅上的少女。

那雙如玻璃珠般清澈的空洞雙眼，讓她看起來像一尊真正的古董娃娃。她穿著短袖連身裙，衣服上點綴著精緻的蕾絲，美得簡直不像人類，彷彿是一朵白玫瑰。

「那應該就是絢辻幸次先生和他的女兒璃子小姐吧。」

皓這句話把青兒拉回了現實。

（原來就是那個女孩……）

享譽國際的藝術家幸次先生號稱女兒是他最完美的傑作，還親手毀掉身邊的所有作品。

這女孩的外表確實有一種魔力，青兒好像可以理解幸次先生為何會做出那種詭異行為。她有著符合年紀的成熟容貌，身體卻是第二性徵尚未出現的少女，彷彿堅決抗拒長大成人。

青兒還是不禁有些在意。

「呃……幸次先生是在玩角色扮演嗎？」

「那個裝扮叫 Medico della Peste，是威尼斯面具嘉年華常見的打扮，也就是所謂的瘟疫醫生。中世紀的歐洲黑死病盛行，治療那些病患的醫生就是打扮成那個樣子。」

「喔……與其說是醫生，感覺更像死神呢。」

如果半夜在路上看到這種打扮的人，他鐵定會全速逃走。

「呵呵，博羅梅奧家族之中有一位米蘭主教聖卡洛，他是盡心盡力救濟瘟疫病患的偉人，幸次先生這身打扮或許就是來自這個典故吧。」

早就聽說他是個討厭和人往來的孤僻分子，但從頭到腳都用面具和長袍遮住已經算是病態了吧。

眨眼之間……

「……咦？」

令人聯想到荒野枯骨的面具，突然變成一隻呲牙裂嘴的猙獰白狼，而且牠戴在頭上、像帽子一樣的東西——竟然是平底鍋。

緊接著……一秒發現樓下的動靜，立即大叫：

「璃子！」

他立刻想衝往大階梯，卻被霜邑先生拉住。他試圖把霜邑先生甩開，但可能是因為霜邑先生更高大，以致他沒辦法掙脫。

「哎呀，可惡，放開我！璃子！喂，璃子！妳聽見了嗎？」

咦？青兒眨了眨眼。

他從一冴呼喚璃子的聲音聽出了某種強烈的情感。

（說不定他跑來這裡不是為了遺產……）

或許還有其他更重要的理由。

這時，之前一直靜靜仰望一冴的幸次先生又握住輪椅的手把，轉身回去。

「好啦，現在知道璃子小姐的所在了，我們繼續調查吧。」

「我、我知道了。」

兩人悄悄地說完話，就躡手躡腳地走下大階梯，快步離開玄關大廳。

＊

「……原來是打鐵婆婆啊。」

皓聽完青兒描述剛才看到的景象，不加思索地如此回答。

「牠的頭上戴著鐵鍋，看起來非常搞笑。」

「呵呵，其實那是很可怕的妖怪喔。『打鐵婆婆』是高知縣室戶市的傳說，不過在全國各地都有類似的傳說，譬如『彌三郎婆』和『小池婆』。這些都被歸類為『千匹狼』的故事。」

很久很久以前，有個孕婦獨自在山上走著，走到一棵老樹附近時，突然覺得快要生了，路過的送貨員幫助她爬到樹上休息，半夜卻來了一大群野狼圍在樹下。

狼群想靠著疊羅漢的方式爬上樹攻擊那兩人，但送貨員拿著短刀英勇對抗，使得狼群無法得逞，牠們就開始嚷嚷著「去叫佐喜濱的打鐵婆婆」。

過一會兒，來了一隻頭戴鐵鍋的白狼。

「喔，原來鍋子是用來擋刀的。」

就像安全帽一樣吧。

「是啊。不過送貨員一刀揮過去，把鐵鍋斬成兩半，白狼的頭被砍傷，帶著手下的狼群逃走。隔天早上，送貨員沿著血跡一路找去……」

皓的聲音突然停下來，半晌都不講話，一副若有所思的樣子。

「……真頭痛。」

「嗯？怎麼了？」

「如果你看到的妖怪是打鐵婆婆，事情或許比我想像得更麻煩。」

「呃，你的意思是……哇！」

皓突然停下腳步，青兒差點撞到他。仔細一看，皓注視著一扇有雕飾的門。上面的圖案是獨角獸和書本。

「應該是這個房間吧。」

他轉動門把，門後出現一間狹長的小房間，左手邊的地上鋪著地毯，右側的牆邊有一座黃銅鐘擺的立鐘。

「這裡大概是圖書室吧。」

整面牆都被高達天花板的書櫃遮住了。

奇怪的是，那些整齊得誇張的書本全都沒有書名，看起來像是豪華皮革封面的套書或百科全書。

不過……

「啊，原來是這麼回事。」

皓從書櫃上抽出一本書，打開一看，裡面全是白紙，就像新買的筆記本。

「這是樣品書，而且是特別訂製的。換句話說，這間圖書室是觀賞用的裝潢。」

「原來只是虛有其表啊。」

青兒說道。

「呃，這個房間又有什麼……哇！」

他正在四處張望，卻突然嚇呆了。

是鏡子。

立鐘的對面——也就是房間左側有一面鏡子，形狀細長，外框設計得像畫框，鏡中映出牆邊的書櫃和地上的地毯。

還有……

（真討厭……）

鏡中還有青兒播在立鐘前的身影。由於他接受了皓要求的贖罪，所以在鏡中的模樣已經從妖怪變成人。

不過青兒的心中留下了創傷，至今還是很怕鏡子。他感覺背脊發涼，立刻與鏡子拉遠距離。

「這就是傳說中的鏡子吧。」

「嗚哇！」

「呵呵，我突然想要模仿一下篁。」

「……你饒了我吧。」

皓走到鏡子前，把手按在上面。

「我在船上提過，Isola Bella 旅館在十年前發生意外之後出現了一樁怪談，主角就是這面鏡子。」

但這怎麼看都只是平凡無奇的鏡子。

「呃，會看到鬼嗎？」

「呵呵，正好相反，是應該看到的東西卻看不到。」

青兒一問才知道，在玻璃女士過世的半年前，幸次先生寄給朋友一張照片，說是「拍到了靈異照片」。照片裡的玻璃女士站在這間圖書室的鏡子前，幸次先生是站在她的斜後方拍攝的。

可是，鏡中映出的只有地毯和書櫃，以及應該要被玻璃女士擋住的立鐘。也就是說，玻璃女士如隱形人般在鏡中消失了。

「當時大家都覺得是幸次先生在惡作劇，為了嚇人而找專家修改過照片。」

「喔，可是他為什麼要這樣做？」

「聽說他本來就喜歡惡作劇，還宣布說這間 Isola Bella 旅館的某處有個祕密房間，如果有誰找得到，就能當這地方的管理人。」

真是太亂來了。

「呵呵，也沒有人當真就是了。」

但是，半年後玻璃女士的死亡改變了這一切。

「有謠言說，那張靈異照片其實是在預告她即將遭遇的不幸，所以那面『預知死亡的鏡子』變得大受矚目。」

意外發生後，有很多媒體記者要求採訪，但幸次先生全都拒絕了，還把那些「靈異照片」全數銷毀。

過了幾個月，一位朋友把以前收到的照片提供給雜誌社，刊出之後，幸次先生提出嚴正抗議，搞得雜誌社不得不回收那些刊物。

「這麼說來，那張靈異照片一張都沒有留下來囉？」

「應該吧。我本來打算，至少要找到那本雜誌，問了舊書店才知道印刷量本來就不高，而且雜誌社已經倒閉了。」

這樣啊。如果連紅子都找不到，想必把整個世界翻過來也沒用。

皓貼到鏡子前細細觀察，似乎很在意那椿怪談。

青兒不知視線該往哪裡看，正覺得不知所措時……

「要來杯咖啡嗎？」

旁邊遞來了一杯咖啡。

「啊，謝謝。」

反射性地接過來以後，青兒才發現——

——是緋。

「哇啊！」

「真遲鈍。一般人看到杯子時，應該就會發現了吧？」

緋嘿嘿笑著，不知為何打扮得像個服務生。

他穿著很正式的白襯衫配酒保背心，但頭上還是戴著那頂有紅牡丹的報童帽。

「哇，真是太巧了！我在地區報紙看到應徵兼職員工的廣告，所以半個月前來到這座島上工作，沒想到會在這裡遇到你——」

「是精螻蛄嗎？」

皓不等緋說完就打斷他。

緋眨了眨眼，舉起雙手擺出投降姿勢。

「果然被你看穿了。是啊，我的確叫精螻蛄去監視你，聽說你八月十九日要來這座島，我就先過來了」

緋吐著舌頭說出實話。

（呃，他們說的精螻蛄好像是……）

青兒在鳥山石燕的《畫圖百鬼夜行》裡看過這種妖怪。畫中的那隻妖怪既像人又像鬼，又像是傳統的外星人形象。牠用鷹爪般的銳利鉤爪攀在屋頂上，從天窗偷窺屋內的情況。

青兒讀了說明之後只覺得「這像是技術高超的跟蹤狂吧」。原來緋派了那種妖怪來打探消息。

「你們兩人會來到這裡，一定是有事要發生吧？真令人興奮。對於想要報名當助手的我來說，這真是個自我宣傳的好機會。」

他的笑容乍看天真無邪，卻像在公園裡用水淹沒螞蟻窩的小學生一樣令人心底發寒。他大概算是某種精神病患了。

「話說回來，你為什麼這麼想當我的助手？」

「啊哈，你問這個？因為我想得到你的認同啊。我要讓你承認我是你的弟弟，山本五郎左衛門的兒子。」

聽到皓的問題，緋用開玩笑的語氣聳著肩膀說。

「我的母親雖是魔族，對我卻沒有多少助力。如果我成為你這位繼承人的助手，等你哪天坐上魔王的寶座，我就是你的心腹。可是，你竟然找個人類當助手，而且是個廢物，那我當然是不惜殺了他也要搶走助手的位置嘛。」

他的笑容夾雜著惡意和羞辱，還有憎恨和嫉妒。

但轉瞬之間，緋又恢復平時的表情，優雅地行禮。

「我得先告辭了，還有兼職的工作要做。啊，對了，霜邑先生在找你們，你們還是快點回會客室吧。我走了，祝你們在這裡住得順心。」

話一說完，緋就意氣風發地轉身走向門口。

就在此時……

「你是不是有什麼事該告訴我？」

皓開口叫住了緋，但語尾不尋常地拔尖，語氣中似乎隱含著懇求的意思。

但是……

「沒有啊，哥哥。」

緋彷彿很疑惑地歪著頭，然後冷淡地說：

「真的，什麼都沒有。」

*

暴風雨差不多要來了。一到走廊，立刻感受得到風勢增強許多，從窗戶看到的海洋和天空也都變成暗灰色。

（有點奇怪。）

看到皓略帶憂鬱的側臉，青兒不禁疑惑。現在的皓和半個月前收到附照片的那封信時一模一樣。

「我說皓啊……」

青兒按捺不住，正要發問時——

「喔喔，太好了，原來你們在這裡。」

兩人一走進玄關大廳就遇到霜邑先生。從他的表情看來，想必找他們找得很辛苦。

「不好意思，因為你遲遲沒有回來，我們就自己去找廁所了。」

皓若無其事地說道。光看他的模樣甚至稱得上謙恭有禮，所以更是惡劣。

「真抱歉，我被其他客人絆住，太晚叫船了。剛才福江島傳來消息，說颱風帶來大浪，所以今天沒辦法出航了。」

「哎呀，那可真不妙。」

「都是因為我的疏忽，讓你們走不了，真的非常抱歉。如果兩位不嫌棄，請讓我幫你們準備客房吧。」

「真是太感謝了，麻煩你。」

就這樣，他們在暴風雨停息前都要留在這裡作客。真是天上掉下來的好事。

「我來帶路，請往這邊走。」

目的地是離館。他們走進之前看到的那扇黑門，經過拱形的空中迴廊，來到鋪著地毯的二樓走廊，最後霜邑先生領他們到左邊最底端的客房。

室內是清一色的義大利古典家具，窗戶的另一側有兩張床。這裡曾經是旅館，所以當然有衛浴設備，這點真是令人慶幸。

「如果有什麼不便之處，請隨時用內線電話通知我。」

霜邑先生畢恭畢敬地鞠躬之後離開了。怎麼看都像個完美的管家。

不管怎麼說，總之先打開行李吧。皓很快就放好了東西，青兒則是拿著充電器四處找插座。

「這年頭的人只要手機沒電就什麼都做不了。」

「雖然你這樣說，但你最近不也常常借用我的手機嗎？」

「……根據氣象報告，颱風快要登陸了，外面不知道是什麼情況。」

看來是戳到了皓的痛處。

青兒跟著皓走到窗邊，注意到玻璃窗內側有兩扇對開的木板窗。

「喔？真稀奇，這東西一般都是裝在窗外吧。」

「是啊，這是裝飾用的。這裡的窗戶用的是強化玻璃，所以就用木板窗遮起來。」

青兒的腦海中浮現虛飾二字。所以這跟圖書室一樣是假貨。

皓伸出手去，解開兩扇木板窗中間的窗扣。

「哇，一片漆黑。」

外面黑得嚇人，黑到什麼都看不見。

不過，皮膚還是能隱約感覺到風暴的來臨。颳過海面的劇烈風聲簡直像怪物的咆哮，風暴正隱藏著凶險的氣息，從黑暗的深處悄悄靠近。

「正所謂暗夜鬼吃人，用來形容這個夜晚真是貼切。」

皓流露出看透黑暗的眼神說道。青兒不由得打起寒顫，退後了一步。

雨滴開始稀里嘩啦地敲打在窗上。

暴風雨已經來了。

「……嗯？奇怪？」

「喔？怎麼了嗎？」

「呃，沒有啦，可能是我看錯，剛才窗外好像有——」

青兒正要說出「光」字，就看見一道光芒撕裂黑暗。

——是船上的燈。

「咦？真的假的？竟然在颱風夜出海！」

「我也覺得很奇怪，但應該是真的。」

或許那艘船是為了躲避颱風而急著靠岸。

可是船駛進碼頭沒多久又出海了，就像送青兒他們來這座島的海上計程車一樣。

「或許是遲到的客人。我們等一下去看看情況吧。」

不過……

兩人還沒走出客房，就聽到走廊傳來腳步聲。

有兩個聲音在說話，一個是霜邑先生的聲音，另一個是和青兒差不多年紀的男性。

接著聽見門開關的聲音，似乎有人住進對面的客房。

（總覺得很不安，為什麼呢？）

青兒正覺得疑惑時……

「你可以去看看情況嗎？」

「啊？要我去？」

「如果你願意去，下個月的零用錢就加倍。」

「……請讓我去吧。」

真是可悲的天性。

青兒輕輕開門，來到走廊上。霜邑先生大概回本館了，此時聽不見說話聲，也沒有任何聲響。既然不能靠耳朵，那就只能靠眼睛。

青兒用細若蚊鳴的聲音賠罪，跪在門前。偷窺毫無疑問是犯法的行為，但偷看男人比較不會有罪惡感。他把眼睛湊近鑰匙孔一看……

「呃，冒犯了。」

沒想到在房間裡的是凜堂棘。

「是是是他！是他！上次的那個人！」

「喔？誰啊？」

「就是叫凜堂棘的那個偵探！上次被鵺咬斷喉嚨的那個人！」

青兒回到房間，哭喪著臉叫道，皓拍了一下手，恍然大悟地點點頭。

凜堂棘，他被稱為「招來死神的偵探」，是個厲害的私家偵探，不過真正的身分其實是和皓一樣的「地獄代客服務業者」，同時是另一個魔王神野惡五郎的兒子。也就是說，他跟皓是累積了兩代恩怨的宿命敵手……原本應該是這樣。

「對耶，好像真的有這麼一個人。」

聽到這句話，青兒打從心底同情凜堂棘。他一定作夢也想不到宿命的敵手會說出這種話。

「嗯？對了，他上次也淋得一身濕呢。」

「呵呵，說不定他是個雨男。」

從這雨勢來看，他鐵定是百年難得一見的奇才。青兒在心底嘖了一聲。

「啊，不好了。」

「嗯？」

皓劈手揪住青兒的衣襟，把他往前拉。

緊接著……

碰！

青兒背後的門伴隨著強烈的風壓猛然打開。

如果不是皓把他拉開，他應該會被門撞到後腦當場暴斃，再不然就是頭骨裂開。

（有殺氣。）

開門的人——凜堂棘——全身迸發著殺氣，令青兒緊張地嚥著口水。

「哎呀，是凜堂啊，好久不見。進來之前也不先敲個門，太沒規矩了吧。」

「失禮了，我還以為這裡住的是偷窺狂。」

……他一定發現了。

（情況很不妙。）

這個人在五個月前那椿鵺的案件裡和皓進行過一場比賽，結果輸得一敗塗地，還撂下狠話說「一定要殺了你」。

眼前的場面一觸即發，好像隨時會演變成腥風血雨。青兒渾身發抖，悄悄躲到皓的身後。

這時外面卻傳來悠然的敲門聲。

「請進。」

走進來的是先前和霜邑先生起爭執的一冴。

「啊，抱歉，我剛才從本館的窗戶看到船上的燈光，過來一看就聽見說話聲……你就是那個凜堂棘嗎？」

「是的，就是我。你委託我在今晚前抵達，是吧？」

「呃，是啊，沒錯。虧你有辦法來到這裡，我還以為你一定會取消或延期。」

「這個嘛，因為我正好有個好幫手。」

一問之下，原來是一位過去案件的相關人士擁有遊艇又住在長崎，所以棘沿著和青兒他們相同的路線到達離島後，就打電話叫那人開船送他過來。從棘的話中聽起來，那人似乎有什麼把柄在棘的手上。

這種蠻橫的行徑難道不算是犯罪嗎？

「抱歉，應該是那個人傳簡訊來了。」

棘邊說邊從懷裡拿出他的功能型手機。液晶螢幕上只顯示了簡短一句話：

『如果我死了一宗會找你報仇。』

「唔，結果會不會沉船呢？」

棘漫不經心地表現出冷酷的態度，平靜地收起手機。

「初次見面，我是和凜堂棘同業界的西條皓，打擾了。」

皓邊說邊行禮，給亂向一冴打招呼。雖然他表現得謙恭有禮，但根本像是小學生到朋友家打電動碰到對方家長時的態度。

「同業界？等一下，這些人是怎麼回事？是你請來幫忙的嗎？」

「……嗯？你說謊啊？」

棘轉開了臉，看來他是打算徹底忽視青兒和皓。一冴露出狐疑的表情，但八成從棘的態度瞧出端倪。

「總之我先跟你詳細說明委託的內容。去我的房間吧。」

他說完就走了出去，棘也立刻跟著離開。

青兒對著棘的背影詛咒「早日變禿頭吧」，皓則是一臉理所當然地跟過去。

「等、等一下等一下！」

「喔？怎麼了？」

「你還問我怎麼了！他上次不是說過一定要殺了你嗎！」

「喔，原來你是說那件事啊。」

皓恍然大悟地拍一下手。

「不用擔心，我們在閻魔殿定下比賽時，還附加了一條規則——在比賽期間不得加害彼此陣營，就算只是搧一個耳光也會立刻紅牌退場。」

「原來如此，那我就可以放心了。」

青兒才剛安心地拍拍胸口——

「不過只限於比賽結束之前。」

……突然有一種不好的預感。

「也就是說，分出勝負後，要煎要煮都隨他高興了。即使要生剝人皮或是活吃人肝，那也都由得他。凜堂那句話的意思就是這樣。」

「呃，那個……我該不會也包含在內吧？」
「好啦，我們也該過去了。從腳步聲聽來應該是隔壁第二間。」
竟然打迷糊仗！
皓大步走出客房，青兒也哭喪著臉跟在後面。
如皓所說，一冴住的客房就在他們隔壁的隔壁。
房間構造和他們那間大致相同，不過這裡只有一張單人床。從房間裡的紊亂程度來看，想必他已經在這裡住了一段日子。
那兩人坐在窗邊兩張面對面的扶手椅上，棘把愛用的手杖豎在一旁，炫耀似地高高疊起那雙長腿。
很好，給我斷掉吧。
「我說啊……」
棘突然敲了扶手一下。
「有必要讓不相干的人一起聽嗎？」
糟糕，他發現了嗎？
青兒本來很慶幸被棘忽視，和皓一起大剌剌地溜進來坐在床邊旁聽，結果才過三秒就被揭穿，眼看就要像隻小貓一樣被拎出去。

「抱歉。」

棘嘖了一聲拿出手機，似乎是收到了簡訊。

「……啊？」

他一看到內容就露出不屑的表情。

棘的目光轉向皓和青兒，頓時殺氣大作，發出如砲火般響亮的嘖嘖聲。

（怎、怎麼了？）

棘踩著重重的腳步走回來，重新坐好，嘆了一口氣，然後按住太陽穴，一副很頭痛的樣子。

「情況改變了，請繼續說下去吧。」

「……啊？那兩個人怎麼辦？」

「那邊沒人在。」

胡說什麼啊？

這一瞬間，青兒感覺有兩句沉默的吐嘈同時發出。

一冴可能意識到多說無益，所以又繼續解釋：

「大致的事情我都寫在之前的郵件裡了，我希望你重新調查玻璃嬸嬸的意外。」

事情聽起來是這樣的。

八月十九日是璃子小姐的生日，也是玻璃女士的忌日。

「我爺爺建治郎每年到了這個時期，都會在Isola Bella旅館舉辦家族聚會，名義上是為了慶祝璃子的生日。不過那一年跟今天一樣遇上颱風，所以叫大家在前一天的十八日留在福江島上。」

隔天就在暴風雨中發生了悲劇。

玻璃女士被發現陳屍在玄關大廳的大階梯上，死因是後腦受到令頭蓋骨骨折的劇烈撞擊，引發外因性休克。島上除了玻璃女士之外只有幸次先生和璃子小姐，以及霜邑先生前一任的主治醫師萩圭介。

「警方在調查時找不到外人侵入的痕跡，門窗都是鎖著的。」

事情發生在凌晨一點左右。

幸次先生在自己房間裡聽到璃子小姐的尖叫，跑到玄關大廳一看，就看到倒在階梯下的太太，以及茫然若失的女兒。

到底是意外還是人為？

唯一的目擊者璃子小姐沒有提供任何關於真相的證詞，就把自己鎖進沉默的殼中。

萩醫師診斷之後判斷璃子小姐是解離性昏迷，所以警方只能在沒有目擊證詞的狀況下繼續調查。

「警方的結論是意外，但我直到現在都認為那是凶殺案。」

「喔？理由呢？」

「玻璃嬸嬸曾表示想要離婚。她說為了女兒應該要和丈夫離婚，離開這座島。」

「為什麼？」

「因為那傢伙的腦袋不正常，只要聽到璃子發出笑聲，他就會發脾氣，他禁止自己的女兒表達任何喜怒哀樂，他要的不是一個活生生的女兒，而是人偶。」

一冴忿忿不平地說，眼中冒出熊熊怒火。想必他從以前就很同情璃子小姐。

「雖然璃子現在變成這個樣子，但她本來的個性比一般人更好勝，在當時更是經常和父親吵架，所以玻璃嬸嬸想要離婚也是應該的。」

「你的意思是，幸次先生聽到玻璃女士提到離婚的事就暴跳如雷地把她推下樓梯？」

被棘這麼一問，一冴露出肯定的眼神點點頭。

「我覺得璃子就是因為親眼目睹父親殺死母親才會大受打擊。她現在變成這個樣子或許也是他們害的。」

「怎麼說？」

「因為颱風的緣故，警察在事發隔天才抵達現場，在那之前有很多時間可以封住璃子的口。或許他為了解決掉目擊者，就讓住在家裡那個姓萩的醫生給璃子吃了某種藥。」

霜邑先生前任的主治醫師萩圭介是個狂熱的人偶蒐集家，也是幸次先生的崇拜者，說不定他真的會為了掩飾幸次先生的罪行，毫不猶豫地做出犯法的事——青兒總覺得一冴的假設聽起來像懸疑推理劇的劇情。

一冴自己大概也這麼覺得吧，尷尬地咳了兩聲。

「我從認識的記者那裡拿到了這個東西，如果你跟傳聞說的一樣厲害，有這個應該就足夠了。」

一個厚厚的公文信封被丟在桌上，但是棘一動也不動，只是冷冷地瞥了一眼。

「是啊，很足夠了，足夠到連這個信封都不需要。」

「你說什麼？」

「你在警察局裡面有幫手，我也有。」
棘不悅地說完，皓在一旁說道：
「既然如此，就讓我們看看吧。」
他正要伸手去拿信封，但是——
棘的手杖颼地落在信封上，擋住皓的動作。兩人在沉默中暗自較勁，看在旁人眼中像是一齣小劇場。
然後……
「哎呀，凜堂先生，簡訊又來了呢。」
他的內袋裡發出了彷彿帶有譴責之意的通知音效。
棘憤恨地瞪著皓，再次發出響亮的咂舌聲，同時移開手杖。皓立刻搶過信封，拍拍上面的汙漬，露出笑容。
……不知道他們在搞什麼鬼，總之看起來是皓獲勝了。
「喔？這是警方的調查資料啊？」
信封裡全是和玻璃女士那件事有關的資料。
無論是現場狀況或屍體狀態，裡面都有鉅細靡遺的紀錄。一冴特地找來這些資料，可見他真的很關切這件事。

外面傳來叩叩的敲門聲。

「打擾了。」

沒有等房裡回應，就有一個男人走進來。

「我聽霜邑先生說有人找來了可疑的偵探。你到底想做什麼？」

這個男人大約年近三十，單眼皮的細長眼睛，戴著感覺極富知性的無框眼鏡，全身散發完全符合那套高級名牌西裝的菁英氣質，一看就是個能幹的青年企業家。

但他冰冷的語氣嚴峻得像是在發怒，想必他一定沒有多少朋友。

「那位是絢辻紫朗，一冴同父異母的哥哥，璃子小姐的堂哥，據說是絢辻家的下一任當家。」

「這樣啊，看起來確實很有魄力。」

聽到皓的即時說明，青兒虛脫地吐了一口氣。要麼是藝術家，要麼是設計師，這座島上怎麼都是這種高水準的男人？

「咦？你說同父異母……」

「紫朗先生是正房生的孩子，一冴是情婦生的孩子。」

原來如此，真是簡單易懂。

「一冴先生因為選擇了時尚設計師的路，所以被建治郎先生斷絕關係。而紫朗先生從東京大學經濟學部畢業之後，就進了家族企業的子公司工作。」

真是截然相反的兩兄弟。

一冴嘖了一聲，說道「好威風啊」，怒目瞪著紫朗。

「你沒有資格教訓我，給我出去。」

這時……

「等一下，難道……你是凜堂棘？」

紫朗臉色發青，注視著弟弟叫來的偵探。

「喔？我們在哪裡見過嗎？」

「我不認識你，只是去參加縣長的派對時碰上有人得了急病，那時你……」

他害怕得聲音發抖。

這位「招來死神的偵探」似乎在政商名流之間成了創傷等級的不祥代名詞。

「開什麼玩笑！你到底要胡鬧到什麼地步！竟然把這種莫名其妙的人叫來這座島上，難道你想讓這裡又死人嗎！」

「那也無所謂，只要能把逍遙法外的殺人凶手交給警察就好了。」

「……你是在說誰？」

「啊？還會有誰？當然是那隻腦袋不正常的烏鴉。」

「你是說幸次叔叔嗎！難道你現在還在為玻璃嬸嬸的事……」

一旁突然發出咚咚的聲音，像法官要求現場肅靜的槌聲。

兩人愕然地閉上嘴，發現是棘用手杖敲著腳邊的地板。

「關於這件事。」

棘的雙手在腿上交握，淡淡地說道。

「很遺憾，你的期待要落空了。」

「……什麼意思？」

「意思是玻璃女士的死因不是他殺。」

現場一下子凍結了。

斷然說出這句話的棘，冷冷地瞄了僵立不動的眾人。

「玻璃女士的遺體並沒有和別人打鬥過的痕跡，衣服也沒有亂。她穿著睡袍，體內還驗出酒精，從這些跡象看來，一般都會認定是酒醉引起的意外事故吧。」

他像連珠砲似地說得非常流暢，這口條足以媲美舞台劇演員。

「此外，留在她遺體上的撞擊痕跡不只一處，而是全身都有，全都是皮下出血，由此可以看出她生前的行動。」

「……所以呢？」

「如果有人把她推下樓梯，無論她朝向哪個方向，一般都會推她的上半身，也就是說，應該是頭先著地，而且摔下去時是前傾的姿勢，所以離地相當遠。在這種情況下，脖子和頭會在落地的瞬間受到強烈撞擊，多半會因此喪命。」

青兒似乎可以想像出那個畫面。

因為他在小學時代偷吃過給地藏菩薩的供品，結果曾祖母變得像惡鬼，把他從神社的石階推了下去。

「相較之下，意外摔倒是踏空階梯，長距離地滾落，身體各處都會受到撞擊，就像玻璃女士的遺體留下的傷痕。而且她的手掌還有擦傷，可見是跌倒時想要抓住扶手造成的。」

的確。

從調查資料看來，案發地點的大階梯上有兩個地方檢驗出血液，一個是高處的階梯扶手，另一個則是由下往上數第二階的尖角。

統整所有資訊來看……

「玻璃女士喝醉了酒，在下樓的途中踩空，雖然想要抓住扶手卻還是滾下樓梯，撞得滿身是傷，然後很不幸地用腦袋撞上階梯的尖角，造成了致命傷。也就是說……」

棘停頓片刻。

「結論就是，這是一起意外事故。至於為什麼會發生意外，仍有調查的空間。」

現場陷入一片沉寂。

「怎麼可能……」

一冴茫然地喃喃自語，臉色十分蒼白，像是變了個人。此時，紫朗突然發出「哈哈」的乾笑。

「真愚蠢，你拚了命地宣揚家醜，最後得到的卻是這種結果，真是太好笑了。」

他這段話乍聽只是諷刺和批評，但其中還夾雜了一絲安心。

一冴突然目露凶光，在衝動的驅使下揪住紫朗的衣襟。

「喔喔，這樣嗎？既然你這麼自以為是地嘲笑一切，幹嘛還來這座島上！而且是在璃子的二十歲生日！」

「我是因為……」

面對一冴憤怒的質問，紫朗本來想回答，卻又沉默地搖搖頭。

「哈，我就知道，你是專程來監視不長進的弟弟吧。不過璃子這件事你若是敢阻撓我，我無論用什麼手段都會殺了你！」

一冴的語氣裡帶著怒氣和敵意，還有真正的殺機。就算不管這一連串的事件，他們之間也有很大的衝突與矛盾。

這就先不管了。

「那個，皓，我們一直不發言真的好嗎？」

「喔？為什麼這麼說？」

「剛才我看到幸次先生變成妖怪的樣子，所以說……」

幸次先生一定是犯過某種罪的「罪人」。所以棘的分析有誤，玻璃女士應該是死於他殺，凶手搞不好就是幸次先生。

可是皓盤著雙臂「唔……」地沉吟，一臉猶豫地歪著腦袋。

「真是這樣嗎？如果幸次先生的罪狀，真的是一冴先生說的『殺妻』，那你看到『打鐵婆婆』這種妖怪實在不太合理。」

「怎麼說？」

「說不定你看到的是和玻璃女士無關，也沒有任何人知道的其他罪行。舉例來說，可能是地板下藏著屍體，但至今還沒有人發現。」

青兒感到一陣寒意，忍不住發抖。

「怎麼可能嘛……你是說還有其他人死了嗎？」

就在此時……

「不好意思，打擾你們談話。」

一個不符合現場氣氛的開朗聲音傳來，沒有敲門就走進來一個人。

——是緋。

「咦？你不是那個打工的嗎？」

「是的，我叫緋，不足一提的暑期工讀生，請多指教。」

他悠哉地自我介紹，脫下報童帽按在胸前鞠了一躬。

「霜邑先生要我來轉告各位：『餐點已經準備好了，請各位換上正式服裝到餐廳來。』」

然後他對一冴燦然一笑。

「此外，我順便用手機把一冴先生的發言錄下來了。霜邑先生說，關於你威脅他和紫朗先生的事，他最近會去和警方談談。剛才那句『無論用什麼手段都會殺了你』真是絕佳的證據！」

「喂，小鬼，你到底想幹嘛……」

「那我就先告辭了！一冴先生，為了你自己，最好明天就離開這座島。其餘的諸位，祝你們順心！」

他話一說完就走掉了。

房間裡好一陣子沒有人開口。

過一會兒才聽到一冴罵了一句「混帳」。

「所有人都給我下地獄吧！」

＊

不管怎樣，現在得吃晚餐了。

「說是要穿正式服裝，但我穿原來這身衣服也沒關係吧？」

「常言道入境隨俗，你還是乖乖地換衣服比較好。」
「呃，可是我又沒有正式的服裝。」
「呵呵，我早就料到可能會有這種情況。」
皓得意洋洋地說著，拿出一個對摺的西裝收納袋，裡面放的是西裝外套、西裝背心、西裝褲三件組。
難怪行李提起來那麼重，原來裡面還放了這些東西。
「尺寸沒問題嗎？」
「這可是紅子親手縫製的喔。」
聽到這句話，青兒想起來了。
某一天他剛洗完澡，紅子竟然衝進脫衣間，她不顧青兒只穿著一件內褲，把他從頭到腳每一處的尺寸量了個遍，這突如其來的瘋狂舉動把青兒嚇得都快哭了，原來那是為了幫他做西裝啊。
話說回來，紅子的能耐再次超出他的認知，根本看不到盡頭，說不定她下輩子會投胎到二十二世紀變成哆啦美，或是魔鬼終結者。
「你穿上正式的衣服，看起來跟平時截然不同呢。」

「喔？真的嗎？」

「是啊，都說猴子穿了衣服也會像人嘛。」

青兒一點都沒有被誇獎的感覺，這是被害妄想嗎？

「你那頭亂髮……算了，還是保持原狀吧，否則就不像你了。駝背這一點倒是需要好好矯正。」

皓邊說邊幫他拍落肩上的灰塵，然後在他的背後拍了兩下。青兒覺得皓最近經常拍他的背，原來那是為了矯正他的駝背啊？

「好啦，接下來輪到我了。」

皓說完也開始換衣服。就算他是個美少年，青兒還是沒興趣看男人只穿一條內褲的模樣，急忙低頭玩起自己的手機。

反正皓是衣架子身材，穿什麼都好看，讓人覺得頗為無趣。他穿訂製西裝一定更加適合——青兒本來是這樣想的。

「……咦？」

青兒轉頭望向皓，吃驚地眨眨眼。

「怎麼了嗎？」

「呃，那個，該怎麼說呢……沒有我想像的好看耶。我不是說不適合啦，唔……啊，對了，一定是因為身高吧！」

因為皓的身高比較矮，穿西裝的模樣讓人無法不想到七五三（註1）。

青兒從未和皓比過身高，如今看這情況，兩人的身高差距還挺大的。不對，應該說……

「皓，雖然你長得像高中生，但身高是不是矮了點？」

「……有嗎？」

「和紅子比起來，應該是你比較矮吧？」

「不，紅子的鞋跟比較厚，她脫下鞋子的話，我們就差不多了。」

雖然皓的語氣很冷靜，卻隱約透露出不高興。青兒覺得很愉快，露出調侃的賊笑。

「好，你明天開始不准抽菸。」

「不會吧！」

青兒忍不住發出哀號。如果他是寵物，皓對他的所作所為鐵定會因為違反動物保護

註1　日本的兒童節，小孩長到三歲、五歲、七歲時會盛裝慶祝。

法而受罰。

「沒想到你有時還挺孩子氣的。」

「我本來就是孩子啊。」

面對青兒的埋怨，皓不以為意地回答。青兒很想抗議皓只會在有好處的時候裝成小孩，但突然發現一件事。

「說到這個，你到底是幾歲？」

「我們都認識這麼久了，你現在才問這種問題？」

的確。

「沒有啦，那個，我在猜你或許是平安時代出生的。」

「呵呵，真是那樣的話，我和篁就是同世代了。我是二次大戰後出生的，大概是戰火肆虐後的遺跡裡出現黑市交易的時期。如果以人類的年齡來計算，大概是十五歲吧。」

「咦！那你真的是個孩子耶！」

沒想到皓竟是貨真價實的青少年。

……現在才搞清楚這件事也太可笑了。

「仔細想想，我好像完全不了解你的事。」

「我對你也是一無所知啊。」

怎麼搞的？

仔細想想，他和皓住在一起七個半月——該說是「已經七個月」，還是「只有七個月」，青兒也不太確定。

（原本覺得我已經很了解他了。）

但說不定這只是青兒一廂情願的想法。

「不過，我覺得不知道也無所謂。如果你有想知道的事，直接問我就好。只要你問，我一定會回答你。」

看到皓的笑容，青兒突然明白，他們之前不了解彼此的事，或許只是因為沒有必要知道。

「……是這樣嗎？」

「就是這樣。」

皓戲謔地點頭，又呵呵地笑了。青兒也跟著笑了起來，同時感到肩上某種沉重的感覺好像消失了。

「其實我也是這麼想的。」

這時候，內線電話突然響起。或許是他們換衣服換得太久了。

「哎呀，我們遲到了呢。因為要重換衣服，請再等一下。」

雖然青兒覺得，皓看起來像七五三也無所謂，但要是說出口，皓一定會立刻叫他戒菸，所以還是放在心底就好。

不過，他一定把想法表露在臉上了……

「先改成一天一根菸好了。」

「……你饒了我吧。」

*

兩人依照內線電話的指示來到本館，餐廳在大階梯的後方。

拱形的天花板上掛著威尼斯玻璃製造的大吊燈，鋪著純白桌巾的長桌上整齊擺放著銀餐具。老實說，要不是霜邑先生站在一旁服務，青兒真的會以為這是電影布景。

突然間……

「喔，不是說要穿正式服裝嗎？你還是穿著白天那套嘛。」

回頭一看，是穿著燕尾服的棘。看他比青兒等人更晚到場，就知道他有習慣性遲到的毛病。

他可能是要打扮得超乎完美，但由於平時的穿著已經隆重得有如角色扮演，所以青兒看到他現在的模樣，心裡只覺得「快禿頭吧」。

「是啊，因為我穿不慣西裝。穿和服應該不至於失禮吧。」

「……喔喔，一定是因為身高不夠高。」

皓的笑容瞬間凍結。糟、糟糕了。

「還好你的衣服依然合身。我還以為你被鵺咬過之後身材比例會改變一些呢。」

「皓、皓、皓……別這樣……」

「……喔？你打算找我吵架嗎？」

「對不起對不起，他現在心情不太好！」

青兒像啄木鳥一樣不斷向棘鞠躬，揪著皓的衣襟跑向桌邊。

——皓剛才真是太不成熟了！

經過了這些插曲……

「請大家開始用餐吧。」

在霜邑先生的問候之後，眾人各自把白色餐巾攤開在腿上，讓他用水晶酒瓶幫大家倒葡萄酒。

相對而坐的絢辻兄弟也穿著一身正式的西裝。

令人意外的是，感覺很討厭禮數規矩的一冴穿起燕尾服也很適合。該說是血統嗎？看得出他的教養很好。

（不過他們的表情實在不夠得體。）

兩人都板著臉，皺著眉頭。

老實說，在這種場合吃什麼都索然無味。話說回來，若是他們兩人融洽地聊天，可能更像恐怖電影的一幕。

（更糟糕的是……）

皓和棘。

這兩個人面對面而坐的情景，只能說是人間地獄了。青兒似乎看到了引信越燒越短的炸彈，不禁膽戰心驚。

「呵呵，就算這樣，青兒還是能吃完所有食物吧。」

「……這是在誇獎我嗎？」

「我們來聊聊天吧，這樣或許會比較不尷尬。」

「嗯，是啊，的確如此。」

話雖如此，青兒實在想不出這種場合該聊什麼話題比較好。

「呃，魔族的名字好像都很奇怪呢，例如皓或棘。」

說出口之後，青兒才發現自己完全選錯話題了。看到青兒臉色發青的模樣，皓噗嗤一聲笑出來，肩膀不停顫抖。

「你沒有立場說別人吧。」

「啊？是這樣嗎？」

真是意外。青兒還以為自己的名字很平凡。

「我是因為出生時被臍帶纏住脖子，整張臉都發青，所以才取名為青兒。」

「……啊？」

沒想到有反應的人竟然是棘。

他擺出一副「這傢伙在胡說什麼」的表情看著青兒。

「難道和東鄉青兒沒有關係嗎？」

「啊？那是誰？」

「他是昭和時代極具代表性的美女畫畫家。話說回來，你能活到今天真不容易。」

皓用感佩的語氣說道。

其實青兒的父母也說過「沒想到你有辦法活下來」，讓青兒十分在意，他既想問又怕受傷害，結果還是沒有問。潘朵拉的盒子若不打開，也只不過是個雜物收納箱。

「棘這個名字是怎麼取的？」

皓還是一如往常漠視現場氣氛直接問道。本來以為棘又要發作，但或許是剛才的幾句閒聊讓他平靜下來了。

「……沒什麼大不了的，只不過是和雙胞胎哥哥搭配罷了。」

棘說完似乎很後悔，立即嘖了一聲。如果他父母在場，一定會罵他沒有禮貌。

不過，他說和雙胞胎哥哥搭配是什麼意思？

「喔，是荊棘嗎？」

最快想到答案的依然是皓。他露出恍然大悟的表情點點頭。

青兒疑惑地歪頭，皓便用指尖在桌巾上寫給他看。原來是那兩個字啊。

「真是個好名字，尤其是你那過世的哥哥……」

皓漫不經心地說出這句話時——

空氣突然一震。

棘竟把餐刀插進桌面。

「喂，你們在吵什麼？」

相較於一臉不耐煩的一冴和紫朗，棘反而像戴著面具一樣毫無表情。

然後他猛然站起身。

「不管是誰，都不准在我面前提到我的哥哥。」

那聲音冰冷到不能稱之為殺氣。

他只留下了一片肅殺氣息和插在桌上的刀子。

「要告訴霜邑先生嗎？這個賠償起來應該不會低於七位數。」

「……你真是找碴的天才耶。」

「不過，如果是他親自動手的，會有那種反應也不奇怪。」

青兒聞言，愣愣地眨眼。皓的語氣似乎帶著一絲哀傷。

但是……

「同情和同感或許只是傲慢吧。」

皓的話語聽起來像在自嘲。

*

平順地吃完晚餐後，兩人回到客房。

聽霜邑先生說，會客室按照人數準備了葡萄酒和零食，服務真是太周到了。

（但也不能徹夜喝酒到天亮吧。）

八月十九日將會發生分屍案——引發這一切事情的那封信既然如此預告，今晚說不定會發生什麼事。

不過寄來那封信的究竟是什麼人，青兒看到的「打鐵婆婆」又代表著什麼罪行，都仍是未解的謎題。

話雖如此，或許皓的心裡已經有底了。

「……嗯？」

青兒聽見細微的鼾聲，轉頭一看。

（哎呀，真難得。）

坐在窗邊椅子上的皓不知何時閉上了眼睛。有一本書掉在地上，他一定是在讀書時睡著了。

（大概是長途旅行太累了……應該吧？）

仔細一看，皓的眼下隱約有些黑眼圈，臉色似乎也比平時蒼白，說不定他最近都沒有睡好。

（啊，對了，是因為緋吧。）

總是一臉悠哉的皓，最近很罕見地顯得心事重重，但青兒一直沒有詢問他原因。

如同突然迸出的火花，青兒這時想起一段回憶。

『嗨，好久不見了，青兒。』

既是同鄉的童年玩伴又是多年好友的豬子石突然帶著憔悴笑容、造訪青兒住的公寓的那一天。

他搞壞了身體，又失去工作，染上賭癮而欠下大筆債務，但是對青兒什麼都沒說，默默地結束自己性命的那一天。

雖然皓的情況不像豬子石那麼嚴重，但青兒總覺得，皓現在的臉色看起來跟那時候的豬子石一模一樣，都是一副憂心忡忡的樣子。

仔細想想……

『最後一定要跟你痛痛快快地喝一場。』

豬子石最後的那句話藏了一個關鍵字。

他在最後的最後跑來找青兒，或許不是專程來告別，而是希望青兒能夠察覺他的困境並阻止他吧。

——阻止他自殺。

但是……

『那個，你那些錢能不能借我一點？』

青兒對他說出來的卻是這句話。豬子石或許是因為這樣，才會設計讓青兒成了債務的保證人，把青兒拉入不幸的深淵。

（如果那一晚我說了其他話……）

事到如今，再說什麼也無濟於事。

——如果我不是這種人就好了。

想到這裡，青兒自己也很清楚這是不可能的。即使比現在更像樣一點，自己畢竟還是自己。

但是，青兒還是忍不住這麼想。

——如果我不是這種人，或許豬子石就不會死了。

（現在說這些都太晚了。）

青兒在心中喃喃自語。他撿起地上的書，放到床邊的桌上，從行李中拿出毯子幫皓蓋上。

「晚安。」

他無聲地說道，把手機充電器從插座上拔起來，趴在床上打開搜尋引擎。

（……不對，以皓的能力來看，根本用不著我來幫他。）

就算是這樣——

青兒再也不想袖手旁觀，看著事情演變到不可挽回的地步。

「呃，打鐵婆婆到底……哇，真恐怖。」

用手機調查了一陣子，還是沒有得到期望的成果。如果可以找到事件的線索，就能稍微減輕皓的負擔了。

「嗯？」

青兒的腦海突然閃過一個念頭。

（對了，紅子好像也沒有手機呢。）

或許是因為很少使用電腦，她的調查方式都很傳統。去相關者的所在地到處打聽、靠業者的幫忙搜索情報，像連續劇中的刑警一樣勤勞奔走。

但是……

（難道她從來沒有上網調查過嗎？）

Isola Bella旅館曾在靈異愛好者之間大受歡迎，應該會有人把當時的「寶物」公布在網路上吧。如果其中有那張靈異照片——

「賭賭看吧。」

青兒又把手機接上充電器，在網路上搜尋了將近三小時。當他開始感到睏意，揉著疲憊的眼睛時……

「嗯？咦……啊！」

那是專門討論靈異事件的匿名留言板。

上頭有一張從舊雜誌掃描下來的泛黃圖片。

標題用可怕的字體寫著「獨家奇聞！神祕的預知死亡之鏡！傳說中的靈異照片大公

開」，有種昭和時代的味道。

也就是說——

「找到了！」

青兒頓時擺出勝利姿勢，然後……

「咦？」

瀏覽器突然被強制關掉。

他驚慌地重新點開，但不知道是不是網路不穩，瀏覽器並沒有出現。收發信件沒問題，但是不能瀏覽網頁。難道是颱風的影響導致基地台停電嗎？

「偏偏在這種時候……」

青兒失望地垮下肩膀。

「喔？你正在忙嗎？」

「……啊？」

回頭一看，有一團淡淡的人影浮在眼前，近到幾乎碰到他的鼻尖。

「哇啊啊！」

「很抱歉，我不是故意要嚇你的。」

「才怪！你一定是故意的！」

如果青兒還是小學生，一定會給他取個綽號叫「哥爾哥」（註2）。

不用說，那自然是小野篁。

他以前都是穿平安時代的古典服裝，這次不知為何穿得像拿破崙一樣。即使穿著長達腳踝的外套，他還是走得很優雅，再加上超過一百八十公分的身高，簡直像一流的模特兒。

眉清目秀、文武雙全、頭腦清晰，他根本是出生於平安時代的完美超人。即使已經死了超過千年，如今還是掛著第三冥官的頭銜在閻魔殿工作。

聽說他生前就是身兼二職，白天去朝廷、晚上去閻魔殿，真是個徹頭徹尾的血汗勞工。

「咦？你會來這裡就表示皓又要和棘比賽推理了吧？」

「是的，我是來當裁判的。」

事情發生在江戶時代。

稻生武太夫所寫、據說是真實故事的《稻生物怪錄》裡面提到了兩隻大妖怪的名字，一個是魔王——山本五郎左衛門，另一個是惡神——神野惡五郎。

當時這兩位為了魔王的寶座展開激烈鬥爭，但比賽結果是平手，所以交由雙方的後代繼續分出勝負。

也就是山本五郎左衛門的兒子——皓，以及神野惡五郎的兒子——棘。

負責仲裁的閻魔大王提出一個比賽方法，那就是「地獄代客服務」。規則非常簡單，只要先揭發一百個罪人的罪行、將其打入地獄，便能得到魔王的名號——換句話說，這是鬥智的推理比賽。

……不過因為皓太悠哉，感覺離失敗越來越近了。

以上這些都是青兒聽來的。

「喔，是篁啊，好久不見。」

皓醒了過來，像剛起床的貓咪伸展著身子。

「很抱歉在您休息的時候來打擾。」

「不會不會，我早就料到你會來了。剛才傳簡訊給棘的是你吧？」

「是的，我傳了兩次。」

註2　齊藤隆夫的漫畫作品《Golgo 13》，主角是擁有一流狙擊能力的殺手。

「咦？難道是我們正要被拎出去的時候？」

也就是說，為了讓雙方在資訊平等的情況下比賽推理，篁傳簡訊「拜託」棘，讓皓參與他和委託人的對話。

……這樣看來，閻魔殿還真像是猜謎節目的工作人員。

「其實我也有事想請皓大人幫忙。」

「喔？什麼事？」

「半個月前您收到 Isola Bella 旅館寄去的一封信，可以的話，我希望能和棘大人分享情報。」

「喔喔，可以啊，請便。」

「感激不盡。」

篁恭敬地接過信封，接著竟然拿出手機拍照。青兒還以為他會直接把信封交給棘，原來只是要拍照傳過去。

看他操縱滑動輸入法的速度如此驚人，想必是手機的重度使用者。

「我想您應該很清楚，比賽從深夜零點正式開始，在那之前請先在客房等待。」

「呵呵，還是老規矩嘛。」

比賽規則依然和上次一樣。

先者為勝，也就是先揭發罪狀、說出裁決的人獲勝。

「雖說你是代表閻魔大王而來，但每次有事就要出差應該很辛苦吧？」

「所以大家都說最不該做的就是當官。麻煩的是現在非常欠缺人手。」

「我下次中元節送你一些禮物吧。你想要什麼東西？」

「呃……要寄來地獄嗎？」

兩人談著談著，漸漸變成坐在緣廊邊吃仙貝邊聊天的輕鬆氣氛。依照這些人的個性，要他們嚴肅起來也很困難。

不過……

「呃，具體來說我們現在該做什麼？」

「這個嘛，硬要說的話，就是在這裡等著吧。」

竟然是這樣。

「不是說會發生分屍案嗎……至少讓我去監視一下吧？」

「這樣啊，不過我們又不知道是誰要分誰的屍。」

「啊……」

的確。受害者可能是身為客人的一冴和紫朗，也可能是幸次先生或霜邑先生。

「當然，也有可能是你。」

「嗚！」

「呵呵。乾脆來玩牌打發時間吧。篁也要一起玩嗎？」

結果他們真的開始玩牌。

一開始玩的是撲克牌，但青兒一直記不住規則，所以玩到一半就改成抽鬼牌。

青兒還以為皓會依照慣例大獲全勝，萬萬沒想到篁才是大黑馬。

「再也沒有比篁更難看出心思的人了。」

「哪裡哪裡，我沒有那麼厲害啦。」

聽到皓又像誇獎又像不甘心的發言，篁只是靦腆地笑著。不知道他是真的單純還是假裝的，無論是哪一種，他都不是簡單人物。

「墊底的是青兒，給你的處罰是去本館拿飲料回來。應該放在會客室裡吧。」

——不要。

如果他這麼說，這次鐵定真的會被勒令戒菸。

「……那我去了。」

一到走廊上，就聽見風聲大得像野獸的狂吼。

「哇，好暗！」

走廊上點著類似瓦斯燈的照明，可能因為這裡以前是旅館，足以容納三人並行的寬敞走廊還是很暗。

而且空氣又濕又重，如同穿著半乾的衣服。

夜晚的寒氣撫過後頸，青兒頓時寒毛直豎。感覺好像踏出一步就會被黑暗吞噬，再也回不來。

（怎麼可能嘛，別胡思亂想了。）

青兒試著一笑置之，但臉頰依舊僵硬。既然如此，還是儘快把事情做完。他如此想著，全神貫注地邁出步伐。

結果他還是迷路了。

「呃……我記得轉彎之後就是玄關大廳……」

結果卻找不到，真奇怪。而且跟著燈光轉了幾個彎之後，他連自己在哪裡都搞不清楚。

青兒先停下腳步，深深吸氣，又繼續走向黑暗的深處。

「不好意思，有人在嗎？」

想當然耳，回答他的只有風雨的咆哮聲。

不過……

（咦？）

剛才好像聽到什麼聲音。不是走廊，而是從門後傳來的。

——有人在那邊嗎？

青兒滑步靠近離他最近的一扇門，附耳傾聽裡面的動靜。

如果是霜邑先生就什麼都不用擔心了，只要請他帶路即可。若是其他人……老實說，那真不是丟臉二字足以形容。

「那個，不好意思。」

青兒小聲地說著，慢慢把門拉開，從縫隙窺探房間裡的情況。

「咦？」

空無一人。不對，房裡很黑，什麼都看不見。總之他完全感覺不到有人在。

——是我聽錯了嗎？

青兒想要開燈，但不知道開關在哪裡，所以他打開手機的手電筒功能，隨即看到一排排熟悉的書背。
是圖書室。
「咦？這麼說來，該不會……」
原來是在玄關大廳的時候轉錯方向。青兒虛脫地垮下肩，斥責自己太過粗心。
在立鐘的鐘面上，時針和分針即將在Ⅻ的地方重疊。
快到午夜零時了。
（……咦？什麼？）
他突然聞到一股腥臭味。
像是嘗到生鏽的湯匙一樣。不對，這個味道的金屬味更濃，也更刺鼻。
——血？
青兒頓時感到毛骨悚然，手臂冒起雞皮疙瘩。他無意識地往後退，突然感覺背後吹來溫熱的風。
「咦？」
回頭一看，是鏡子。
是傳說中那面「預知死亡的鏡子」。如畫框的邊框中映出室內的景象：高達天花板的書櫃、立鐘，還有……

「啊、呃……」

看到那東西的瞬間，青兒整個人僵住了。

沒有頭的屍體。

屍體倒在立鐘前，暗紅色的血玷汙了地毯，上半身因流滿鮮血而泛著光，即使沒有頭，身長還是超過一百八十公分，而且穿著死神一般的黑袍。

——是幸次先生。

青兒的喉嚨發出笛子般的聲音。

當他發現那是慘叫時，才跌跌撞撞地衝到走廊。

（糟糕！至少應該在燈光下檢查一下屍體……）

但他根本沒有膽子再回去。立鐘的報時聲傳了過來，如同追逐著死命狂奔的青兒。

他在玄關大廳滑了一跤，踢到階梯，撞到膝蓋，跌跌撞撞跑回離館走廊的途中，那聲音一直響個沒完。

一、二……六、七……十、十一。

十二。

——午夜零時。

在最後一下鐘聲響完的瞬間，青兒打開客房的門，朝著面對面坐在窗邊的兩人放聲大叫：

「有、有屍體！沒有頭的屍體！是幸次先生！」

聞言，篁如同收到暗號站起來，照例無聲無息地恭敬行禮。

「那我就先告辭了。祝您武運昌隆。」

話一說完，他像飄上空中的輕煙般消失無蹤，不管看多少次都很像在變魔術。

「那、那個，該、該怎麼辦……」

「先冷靜下來。你這副模樣就像看到有人被分屍似地。」

「我確實看到了啊！」

青兒幾乎喘不過氣，膝蓋也在發抖。他努力安撫狂跳的心臟，勉強吞下湧出的胃酸，對皓描述了剛才看到的景象。

「哎呀呀。」

皓表現出如同青兒預料般的反應站了起來。

「我們先去圖書室吧。現在沒有聽見騷動，可見還沒有其他人發現屍體。」

為了謹慎起見，他帶著事先準備的手電筒走出房間。

就在此時……

「嗯？」

激烈的雨聲中混雜著天空傳來的震動。青兒愣然往窗外看，正好有一道白光劃破黑暗。

是閃電。

「呵呵，這下子更像恐怖片了。」

「……那個，你該不會是是恐怖片迷吧？」

兩人在閒扯之間來到本館一樓的圖書室。

看到青兒越走越慢，皓邊催促他邊打開門。

「嗯？」

皓不禁愣住，因為看到了難以置信的景象。

不對，應該說是什麼都沒看到。

穿著漆黑長袍的無頭屍體，地毯上的血漬——所有應該在這裡的東西都不見了。

「咦？怎、怎麼會……」

「地毯還留著被沉重的書櫃壓出來的凹痕，從褪色的情況來看，家具應該沒有被移動過，也不是換了一條相同花紋的地毯。」

這麼說來，這個房間根本沒有出現過屍體。

「不、不可能……」

青兒感到頭昏腦脹，幾乎站不住。

「要用人偶偽裝成屍體是有可能的，但若地毯沾滿了血……」

皓按著下巴，露出沉思的表情。

這時青兒突然想到一個解釋。

「這會不會是左眼受傷造成的？」

半個月前，青兒的左眼被芹那拿著菜刀劃傷了，還好沒有影響到視力，傷痕也差不多痊癒了，所以他還以為已經沒事。

（說不定是照妖鏡的力量突然失常……）

所以青兒才會看到不存在的幻象。

「……這樣啊。」

聽完青兒的解釋，皓點點頭，盤起手臂歪著腦袋。

「你說照妖鏡的力量失控了嗎？這也不是不可能……」
「又或許是因為我太害怕，所以把別的東西看成屍體。」
「疑心生暗鬼嗎？話說你第一個就先懷疑自己，真有你的風格。」
皓用佩服的語氣說道。
這時門突然打開。
「兩位在這裡做什麼？」
是霜邑先生。他手中握著手電筒，大概是在巡邏。
「我們想來拿飲料，但不小心迷路了。霜邑先生這種時間還在工作啊？」
「呃，這個……」
霜邑先生似乎有些躊躇，沉默片刻之後才說：
「你們有看到幸次先生嗎？」
青兒的心臟撲通一跳。
他差點脫口回答「看到了」，卻被皓的眼神制止。
——我剛才在這裡看到了幸次先生的無頭屍體。
他很想這樣說，但現在根本找不到屍體。

「幸次先生怎麼了嗎？」

「不，沒什麼，我只是覺得他沒待在自己的房間裡很奇怪，因為他很少在這種時間出來。」

霜邑先生在他的房間看不出異狀，確認門窗都有關好之後，就在屋內四處搜索。

（這麼說來，難道是……）

青兒的心臟怦怦地狂跳。

幸次先生之所以失蹤，難道是因為在這房間變成了無頭屍體，然後被凶手移走？

「這種天氣不可能出門的。我們也一起找吧。」

「沒關係，你們的好意我心領了。」

霜邑先生搖頭回答。就在此時……

窗外瞬間籠罩著一大片白色閃光。

是閃電。

瞬息之後，天空傳來震耳欲聾的轟隆聲，視野中的光線頓時全都消失。

可能是停電了。

「哎呀，外面的庭院也變得黑漆漆，大概是變電箱被雷打中了吧。」

「是啊，每年都會發生這種事，再過幾個小時就會恢復。」
「既然這棟房子原本是旅館，應該有發電設備吧？」
「有一間地下鍋爐室……但那裡發生過死亡事故，所以當時已經被封起來了。」
「這樣啊。那就只能乖乖等待了。」
皓邊說邊打開手上的手電筒。
「現在停電了，讓人更擔心幸次先生，我們還是分頭去找吧。」
「不，怎麼能麻煩客人呢？而且現在一片漆黑，在不熟悉的地方走動會很危險。我先帶你們回離館，飲料隨後再送過去。」
他說得很有道理，但現在可是人命關天。
「那你可以帶我們去會客室嗎？」
「為什麼要去那裡？」
「因為今晚是颱風夜，我本來就打算通宵。幸次先生的事也讓我很在意，所以我想在會客室裡守夜。」
真厲害。看到皓一下子就編出這麼合情合理的說詞，青兒在心中默默喝采。
「啊！」

青兒突然想到某件事，忍不住叫了一聲。

「那個，璃子小姐呢？既然幸次先生行蹤不明，璃子小姐……」

聽到這句話，皓一定也想到了。

『八月十九日，Isola Bella 旅館將會發生分屍案。』

既然如今出現無頭屍體，那句話就成了「預言」或「預告」。一開始寄來那封信的並不是幸次先生，而是璃子小姐。

「呃，我還沒看過大小姐的房間。」

霜邑先生說道，表情變得有些僵硬。

「請恕我失陪。」

他說完立刻轉身，快步跑上階梯，青兒等人當然也跟在後面。一行人到達了二樓迴廊的一角，也就是白天霜邑先生和一冴發生爭執的地方。

嘩啦一聲，霜邑先生從懷中取出一串鑰匙，打開門，然後回頭對著像烏龜一樣伸長脖子觀望的兩人說道：

「請你們在這裡稍待片刻。」

說完，他逕自走進房間。啪嚓一聲，房裡的燈打開了，那是放在床邊小桌上的ＬＥ

D緊急照明燈。

兩人在房外看見了異常空曠的房間。

可能是為了避免妨礙輪椅行走，美麗的木質拼花地板沒有鋪地毯，除了左邊有一張附頂蓋的床，幾乎沒有像樣的家具。

此外……

（她在！）

璃子小姐就坐在房間中央的輪椅上。

——還好她平安無事。

她的腦袋還牢牢接在脖子上。霜邑先生也露出鬆一口氣的表情。

（咦？她的穿著和白天不一樣耶。）

大概是換過衣服，此時她的衣服從輕盈的夏季連身裙變成長袖上衣配馬甲裙。手上戴著白手套，腳下穿著靴子，脖子戴著有華麗荷葉邊的皺褶裝飾，上面別著一個浮雕寶石胸針。

「璃子小姐也要和我們一起去會客室嗎？」

「不，大小姐留在這裡。因為有些麻煩的情況，最好讓她待在可以上鎖的房間。」

他大概是不想讓一冴見到璃子小姐吧。

霜邑先生說著「請稍待片刻」，快步走向牆邊，那裡有一扇很大的窗戶，和離館客房一樣加上向內開的木板窗。

他摸摸窗扣，確認已經上鎖，正要回到青兒他們身邊，卻突然停下來，跪在輪椅前，用手梳理璃子小姐的頭髮，又將她胸前的胸針重新別上。

從他的動作感覺得出深厚的情感，像母鳥照顧幼鳥一般。

「在我看來倒是很像玩洋娃娃。」

「你的想法是不是太扭曲了？」

兩人正在竊竊私語時，霜邑先生回來了。

「抱歉讓兩位久等，我現在就帶你們去會客室。」

他先仔細地鎖好門，才離開璃子小姐的房間。

三人靠著手電筒的燈光走下大階梯時，聽見立鐘的聲音遠遠地傳來。

鐘聲一響，現在是凌晨一點。

鐘聲繚繞的餘音之中夾雜著遠方的雷聲。但是……

（咦？雨聲停了耶。）

風也減弱不少，難道是進入颱風眼？

皓突然對青兒說悄悄話：

「到了會客室，等霜邑先生離開，我們再去找幸次先生。」

好，正合已意。

青兒用力地點頭回應。

「咦？」

本來以為會客室空著，進去卻發現裡面亮著緊急照明燈，昏暗中有三條人影，那是一冴、紫朗，還有緋。

坐在暖爐前的兩兄弟真是大異其趣。

一冴拉長了臉拿著威士忌酒杯，像個沒規矩的國中生抱著椅背跨坐在椅子上，紫朗則把工作用的筆記型電腦放在腿上，默默敲著鍵盤。

緋規規矩矩地侍立在那兩人身後——乍看是這樣，其實他正在用手機玩遊戲。他長大之後一定不會是個正經的大人。

看到青兒等三人出現，一冴露出訝異的表情。

「你們怎麼全都來了？真詭異。」

青兒心想：「我才想問你們呢。」

他八成把心思表露在臉上，一冴輕輕嘖了一聲。

「哼，不干我的事，我才想問紫朗那傢伙為什麼在這裡。還有，那個小鬼只會偷懶，根本沒有在工作。那種人遲早會被開除。」

他說得對。

「那麼，一冴先生為什麼在這裡？」

「呃，我是……」

被皓一問，一冴尷尬地聳聳肩。

「我有一種不祥的預感。如果發生什麼狀況，待在這房間就能立刻知道。」

原來如此，是因為璃子小姐吧。

仔細想想，十年前玻璃女士也是在八月十九日的晚上發生意外。一冴經歷過那件事，心裡當然多少會留下一些陰影。

（不過這樣正好方便監視。）

青兒放鬆地吐一口氣，和皓一起坐在長椅上。

不過，那個偵探未免太高傲了，竟然讓雇主守夜，自己在客房裡呼呼大睡。

「他在啊，就在那裡。」

「嗯？誰啊……哇！」

——他真的在。

凜堂棘躺在一張移到牆邊的長椅上，眼上還蒙著眼罩。

「呵呵，真想找枝奇異筆來。」

「要我回客房去拿嗎？」

這種時候就得在他的額頭上寫個「肉」字。

「……我都聽見了。」

棘拿下眼罩，坐起身來。

撿、撿回一條命了。

「哎呀，不好意思，我們吵醒你了嗎？」

「沒有，我正在監視。」

怎麼看都像是在睡覺啊。

「我老覺得某人的臉似曾相識，那好像是跟你淵源頗深的人吧，而且是本來不應該在的人。」

「……啊？你在說什麼？」

「你儘管裝傻吧。無論你有什麼企圖，我都不會輕易放過你。」

棘瞪著皓，用恐嚇的語氣低聲說道。

這兩人到底在說什麼？青兒用眼神詢問皓，皓只是露出苦笑，含糊回答：「嗯，是什麼呢？」唔……感覺他好像在避重就輕。

「對了，青兒，可以跟你借一下手機嗎？」

又來了。皓雖是雇主，但他最近老是跟青兒借手機，每天至少借兩次以上。青兒不甘願地遞出手機，抱怨道：「你會不會太常借我的手機啦？」

「啊……」

他突然想起來。

「現在開不了瀏覽器喔。」

「沒關係，我是要用信箱。」

喔？真罕見。

青兒疑惑地把手機交給皓，皓立刻打開郵件軟體，行雲流水地敲起畫面。看來他還沒有熟悉滑動輸入法。

皓迅速地按下發送鍵。

「喔？基地台也停電了嗎？可能要等一下才會寄出去。」

「你寫信給誰啊？」

「呵呵，敬請期待。」

是這樣嗎？

用完之後，皓也不先問過青兒就把手機收進自己的懷裡。可能是要等回信吧，總之他還是一樣我行我素。

這時……

「幾位要不要喝些飲料？」

霜邑先生邊說，邊端出冒著熱氣的茶杯。

「我看你們好像很疲倦的樣子，所以泡了香草茶。洋甘菊和西洋接骨木都有鎮靜效果。」

淺褐色的液體飄出清新的香氣。如霜邑先生所說，聞了就讓人覺得肩膀放鬆許多。

仔細想想，他深夜在屋裡迷了路，又看到無頭的屍體，一整晚都過得驚心動魄，或許神經比自己想像得更緊繃。

青兒依言喝下一口，溫度適中的香草茶流進胃中，好像連心裡都溫暖起來。
「真好喝！」
「你喜歡就太好了。」
霜邑先生輕柔地笑著說。他真的有一種令人安心的魔力。
就在此時……

叩隆。

頭頂傳來一個聲響。
這聲音像是西瓜掉在地板上，聽起來很沉重……也很不祥。
現場氣氛頓時緊張起來。
「……剛才的是什麼聲音？從外面傳來的嗎？」
紫朗喃喃說道。
「笨蛋，是樓上！」
一冴大聲說道，敏捷地從椅子跳起來，一點都看不出他剛才還喝了酒。

「喂，等一下！只有霜邑先生有鑰匙！」

「混帳，你這臭老頭，快一點！」

霜邑先生匆忙地跟著跑去，然後所有人都走出會客室，一冴帶頭爬上玄關大廳的大階梯。

到了二樓的迴廊，走在最後的緋嗅了嗅說道：

「我聞到血的味道。」

他舔了舔嘴唇，如同看到獵物的貓。

難道是……短短幾十分鐘之前，璃子小姐明明還平安無事。

「門是鎖著的，從外面看起來沒有異狀。」

「看得出異狀就糟了！喂，老頭，快點開門啊！」

霜邑先生神情僵硬地開著鎖。門一打開，一冴就一馬當先地衝進去。

「璃子！」

青兒等人跟著進去之後愣住了。

房間裡真的充滿血腥味。

停電造成的黑暗中只聽見呼呼風聲，而且聲音聽起來非常近。難道窗子沒關？

（璃子小姐到底怎麼了？）

定睛一看，輪椅仍在同樣位置，但是椅背上方卻看不見她的後腦勺。

「璃子，妳在哪裡！」

就在此時——

一涉慌亂踏出腳步時，鞋底發出令人不舒服的水聲，聽起來像是一腳踩在積水裡。地上似乎流滿了某種液體。

「該不會……」

青兒以顫抖的聲音喃喃說著。

視野突然恢復明亮，應該是恢復供電了。房裡的景象變得明朗後，現場所有人都驚呆了。

「咦……」

眼前是一大片血跡。

木質拼花地板的中央有直徑三公尺左右的範圍被染成可怕的鮮紅。此外，掉在輪椅下的東西是……

「這不是真的吧……」

那是璃子小姐的腦袋。

她微微睜開的眼皮底下是一雙半透明玻璃珠一般的眼睛，看起來像蠟製的模型，但是凝結在切面的血跡，清楚地表示那曾經是活人的一部分。

而且……

（身體……不見了？）

輪椅上只有一堆染血的衣服，裡面的軀體彷彿化為煙霧消失。

「沒有脖子以下的部分，多半是被凶手帶走了。」

皓喃喃地說著。

「璃子……」

一個微弱的聲音傳來，是一冴。

他正要走近那片血跡，紫朗就一把拉住他，叫著「別這樣」。

但一冴不由分說地甩開紫朗的手，繼續走到人頭前面。他像是全身虛脫，軟綿綿地癱坐在地上。

彷彿只要一伸出手碰觸，全身神經就會斷裂。

（我看不下去了。）

青兒正想轉開目光時……

「咿！」

一旁傳來警笛般的哀號，是霜邑先生。

他茫然僵立，手上捧著璃子小姐染血的衣服，那是從輪椅上拿起來的。

然後……

「怎麼會……」

輪椅的座位上有一截小指。

切面有血液凝結而成的暗紅色血痂，根部位置有一顆如同用紅墨水點出來的小痣，也有可能是燙傷的痕跡。

「那是璃子的……」

一冴用虛弱的聲音說道。

霜邑先生聞言，搖搖晃晃地走出房間。

門後傳來嘔吐聲，隨即變成壓抑的嗚咽。青兒心想應該去看看他，卻又不知道該對他說些什麼。

就在此時……

「這簡直像是《日本靈異記》裡面的〈女人惡鬼見點攸食噉緣〉。」

青兒聽到皓的喃喃自語。他在說什麼？

「《日本靈異記》是平安時代編纂的佛教故事集，中卷的第三十三篇講的是鬼吃人的故事。有一個叫萬之子的美女被化身成男人的惡鬼吃掉了……而且同樣留下了人頭和一根小指。」

原來如此，的確很像。

皓不知為何唱起一首童謠——

欲娶汝者爲何人？衆子紛紛喊在下。
南無南無男無數，釋迦釋迦嗜佳酒。
削髮求法入山寺，澄心誠心請節哀。

「這是發生鬼吃人事件之前街頭巷尾流行的童謠。古人把童謠稱為兆歌，作者不明的流行歌都被視為神明藉著人類之口宣布預言。」

所以這就跟之前聽到的靈異照片一樣，都是災難的預兆囉？

「這到底是神明的旨意，還是鬼怪的惡意呢——原文寫了『或言神怪，或言鬼啖』，但現在的人都認為這是鬼吃人的故事。」

「呃，所謂的鬼，就是頭上長角、穿著虎皮裙、臉上紅冬冬的那種妖怪嗎？」

「呵呵，你說的是室町時代的畫家狩野元信的創作。其實『鬼』（oni）這個字是由『隱』（onu）轉化而成的，意思是看不見的東西。」

「咦？那怎麼知道是鬼做的好事呢？」

「這個嘛，傳說鬼的特性就是會吃人，也有人說，那是狼或狗咬死人的案件演變而成的。」

「怎麼說？」

「在古代，野獸吃人的事比現在更常見，但受害者多半是倒在路邊的病人或旅人，還有被遺棄的嬰兒和老人。」

這麼說來，青兒大概也包含在其中吧。

「偶爾也會有『並非這一類的人』被狼或狗咬死，那悽慘的屍體會使人想到鬼。到底是什麼東西搞的呢？如果不是狼或狗……因此人們就當作是鬼做的了。」

「該怎麼說呢……鬼一定覺得很冤枉吧。」

「呵呵，是啊，因此就說『這事是鬼做的』(註3)……害怕未知的事物是人的天性，所以才把事情解釋為鬼的作為。譬如說，源賴光打退的『酒吞童子』和『土蜘蛛』其實是反抗朝廷命令的土豪喔。」

青兒「喔喔」地回應著。

「說不定人類和魔族都覺得我是鬼呢。」

皓像是自言自語地說道。

若要說是自嘲，他的語氣又顯得太寂寞。

「那個，我說皓啊……」

青兒正要開口時——

「好啦，我們也該去現場蒐證，棘都已經結束了呢。」

「那你怎麼不早點說啊！」

青兒突然感到一陣冰冷的視線，轉頭一看，站在霜邑先生等人面前、假裝跟他們不認識的緋正惡狠狠地瞪著他。

……糟、糟糕。

「唔……窗戶是打開的，凶手應該是從這裡出去的吧。」

青兒為了掩飾驚慌，煞有介事地說著，並把頭探出窗外。

夾帶濕氣的風撲面而來，但雨勢已經沒有那麼大，看來應該是進入了颱風眼。

然而……

「呃！」

「呵呵，要從這裡出去是不可能的。」

在手機發出的光芒中，他們看到了近乎垂直的峭壁。

由於海浪的沖刷，岩壁到處都被磨得平滑而尖銳。放眼望去，連一個可以踩踏或綁繩子的突起處都沒有，絕無可能從這裡爬下去。

「從這裡摔下去鐵定會沒命。」

那閃閃發亮的浪頭就像巨大怪物的下顎，如果被吞下去，恐怕會一口氣被拉到海底，再也浮不出海面。

這時……

「嗯？你從剛才　直在那裡忙什麼啊？」

註3　典故出自《伊勢物語》。

「唔……我有點在意這木板窗。」

那兩扇對開的木板窗和客房裡的樣式一模一樣，中間掛著窗扣，窗扇用整片橡木做成。

上次看到時，這窗子是關著的，所以有可能是被凶手打開的。但是窗上沒有手印或血跡之類的痕跡，也看不出任何異常之處。

「你看，下面在滴水對吧。」

「喔，真的耶，外側被雨淋濕了。」

「也看看木板窗外的玻璃窗吧。」

皓按著下巴沉思。

外面的窗子是很常見的橫推式，現在左側是開著的，露出一片方形的暗夜。

「內側的左右兩邊都沒有濕。」

「的確是這樣。」

「那外側呢？」

青兒又依言探出上身。

「唔……左邊是濕的。」

「右邊呢？」

「等一下……沒有，是乾的。」

聽到青兒的回答，皓盤起手臂沉吟片刻，然後歪著頭說：

「有點奇怪呢。」

「是嗎？既然左邊的窗戶開著，右邊的窗戶就被遮住了，當然不會濕啊。」

「呵呵，是你的話自然會這樣想。」

皓露出憐憫的目光，摸摸他的頭。

……怎麼突然很想咬他，是自己有問題嗎？

就在此時——

（咦？要說奇怪的話……）

青兒的心頓時撲通狂跳。

因為他發現了一件事，而且早就該發現了。

「那個，這裡該不會是密室吧？」

聽到這句話，皓眨眨眼睛「喔？」了一聲。

「為什麼你會這樣想？」

「因為門是鎖住的，凶手只能從窗戶出去，但下面又是懸崖峭壁……」

他還沒說完的時候……

「說什麼蠢話，你忘記最關鍵的人物。」

一冴不屑地說道，泛紅的眼中迸發出野獸般的凶光。

「還有幸次啊！璃子的老爸！那傢伙一定有每一個房間的鑰匙！」

的確，如果幸次先生是凶手，這就算不上密室。

但是……

「我們先來確認一下，我、青兒以及霜邑先生三個人最後一次看到璃子小姐平安無事是在凌晨一點，接著就和一冴先生等人會合，這段期間你們四個人一直待在會客室裡嗎？」

「是啊，我們至少一個小時前就在那裡。那小鬼少說也待了三十分鐘以上。」

「這樣啊。我們聽到璃子小姐的房間發出聲音是在凌晨一點半，那時我們七人全都在會客室。也就是說，我們可以證實彼此的不在場證明。」

扣除有不在場證明的人，凶手就只能是幸次先生了。

但是……

「混帳，他到底去哪裡！一定要把他給找出來宰了！」
「喂，慢著，你該不會想一個人去找吧？對方可是帶著凶器的殺人凶手耶！」
「少囉嗦！」
兄弟兩人互相大吼，鬧得不可開交。
青兒聽到此起彼落的怒吼，突然感到一陣強烈的心悸。
舌頭黏在上顎，乾渴的喉嚨咕嚕作響，他艱澀地吞了口口水。
「可是，幸次先生——」
幸次先生已經死了，而且變成無頭屍體。
青兒差點說出這句話，結果還是硬吞回去。
——因為根本找不到屍體。
如果青兒看到的屍體是「事實」，那麼璃子小姐被殺害之前，幸次先生就已經死了。
這麼說來，殺死這對父女的凶手就在剩下的七人之中。
不過……
「你看到什麼了？」

皓靠在青兒的耳邊悄聲問道。

「你的左眼。除了我們之外的五個人，有誰看起來像妖怪嗎？」

啊，對耶。

吃人的鬼必定在這些人之中。

——原本應該是這樣。

「沒有。」

青兒猶豫片刻才回答。

他無可奈何地搔頭，好不容易才擠出聲音說：

「在這之中沒有一個人變成妖怪。」

過一會兒，皓做出符合青兒預料的反應。

「哎呀呀。」

——我想也是。

*

現在的狀況真是令人頭痛。

如果青兒左眼的能力可信，剩下的七人中沒有一個人是殺害璃子小姐的凶手，這麼說來，凶手必定是唯一沒有不在場證明的幸次先生。

但是在璃子小姐的人頭被發現之前，青兒就看到幸次先生的無頭屍體。

這兩件事互相矛盾，如果其中一件是真的，另一件鐵定是假的。

（半個月前受的傷，真的讓我的左眼故障了嗎？）

至於其他的可能性嘛……

「會不會是除了我們以外的人？譬如說，有人從島外悄悄入侵？」

「可能性很低。如果有可疑人物入侵島上，外面的感應器會有反應，屋內的警報也會響起。」

聽到皓的問題，霜邑先生一臉沉痛地搖頭，他放置在腿上的雙手還在微微顫抖，令人不忍卒睹。

「這裡本來是有名的攝影景點，很多人未事先告知就闖進來，所以才依照幸次先生的吩咐做了這些防範措施。」

海灣的碼頭當然也在監視的範圍中，怪不得青兒與皓一到島上，霜邑先生就立刻出來迎接。

此外，這座島的四面八方都是懸崖峭壁，要從碼頭之外的地方入侵是絕對不可能的事。姑且不論好壞，總之凶手由島外而來的選項可以刪除了。

皓對青兒說起悄悄話：

「這裡的戒備好像太森嚴了。」

青兒對此也有同感。這個地方真像一座監獄，與其說是防範外人，更像是阻止裡面的人逃走。

「不管怎麼說，現在只能等了。」

皓喃喃說道，霜邑先生又無力地低下頭。

現在的時間是凌晨三點半，地點是本館一樓的會客室。

在那之後，雖然他們報了警，但果不其然警察因為颱風的緣故要等到天亮之後才能過來。於是，大家先把案發現場的房間封鎖起來，然後由一冴帶領眾人進行大規模搜索。

但是搜遍了屋內的所有角落，包括床底下和浴缸裡，還是沒有找到幸次先生，就連他待過的痕跡都找不到。

精疲力竭的青兒和喦，以及看似一直在打混的緋一起回到會客室。一冴、紫朗還有棘三人似乎還在搜索。

以身體不適為由留在會客室休息的霜邑先生，一看到青兒他們回來，立刻就要起身泡茶，青兒連忙制止。真是堅強的管家精神。

「真希望能快點找到幸次先生。」

「喔？你是真心這樣想嗎？」

聽到青兒的喃喃自語，緋用調笑的語氣說道。

他看見青兒露出不悅的神情，聳聳肩膀笑了一聲。

「他不是早就死了嗎？」

「咦？」

等一下……

緋不可能知道青兒曾看到幸次先生的無頭屍體。

「那個，你為什麼……」

青兒正要詢問時，有人猛然推開門。

走進來的是穿著雨衣的一冴，後面跟著一臉疲憊的紫朗，兩人看起來都像是老了十歲。

一冴大步走向霜邑先生，一把揪住他的衣襟。

「喂，住手！」

紫朗連忙阻止，但一冴還是用力搖晃霜邑先生問道：

「祕密房間在哪裡！」

一冴像野獸般咆哮。

「那個變態以前在這屋子裡弄的祕密房間在哪裡！我們怎麼找都找不到，可見他一定是藏在那個地方！」

簡直就是凶神惡煞。

如果幸次先生此時出現，恐怕會被他痛揍一頓。

「我聽說過這個傳聞，但是幸次先生從來沒有親口提過……」

「你以為我會相信嗎！」

一冴立即怒吼。

紫朗看不下去，硬把一冴的手從霜邑先生的身上扯開。

「你有完沒完啊！難道連你也要變成殺人犯嗎！」

「少囉嗦，給我閉嘴！」

就在此時……

緋突然噗嗤一聲笑出來，肩膀還不停抖動，一副忍俊不住的樣子。

「真是的，一個個都是笨蛋。你們要找幸次先生？他明明早就下地獄了。」

「啥？喂，小鬼，你到底在說什麼……」

「因為人頭還丟在房間裡啊。他特地從內側鎖了門，不就是想表示事情是他幹的嗎？可見他並不打算逃跑或遮掩，但我們卻找不到他的蹤影。」

緋得意洋洋地說著。

由於他天真無邪的模樣，聽起來更是令人驚駭。

「這麼說來，他一定是從窗口跳出去了嘛。」

在場所有人都震驚得屏息。

（喔喔，對耶……）

那面朝著懸崖峭壁敞開的窗戶。

如果凶手的遁逃之處就是窗外那片黑暗——

這就代表……他白殺了吧。

「……有通知鈴聲。是霜邑先生的手機吧？」

如同皓所說，霜邑先生胸前的口袋傳出手機震動的聲音。他急忙取出手機，隨即瞪大了眼睛。

「是幸次先生……」

現場氣氛頓時變得非常緊張。

霜邑先生用顫抖的手打開郵件，然後手機「叩」的一聲落在地上，他的臉孔變得如紙一般蒼白。

「失禮了。」

緋迅速撿起手機，滑動螢幕，邊看邊點頭。

「唔……這是遺書吧。」

「啥？」

一冴大叫一聲，從緋的手中奪走手機。

緋輕輕地聳肩說道：

「發送時間是凌晨一點半，剛好是我們聽到二樓傳出聲音的時候。至於內容嘛……」

內容是認罪、懺悔，以及瘋狂的獨白。
從遺書的內容看來，事情的開端全都是因為十年前玻璃女士的意外。
不對……那能說是意外嗎？
在那颳著暴風的夜晚，玻璃女士在夫妻倆的臥室裡喝了酒，然後藉著酒意向幸次先生提出離婚，幸次先生氣得動手打她，她逃到樓下的時候，在玄關大廳的大階梯上滑了一跤，從此天人永隔。
但是，悲劇並沒有就此結束。
璃子小姐親眼目睹了整件事的經過。
『是爸爸害死了媽媽！你這個殺人凶手！』
幸次先生回過神來，才發現自己摀住璃子小姐的嘴，直到萩醫師跑過來拉開他，他才想到自己的舉動可能導致女兒窒息而死。
璃子小姐沒有死。
但是，她的心死了。
萩醫師診斷出她陷入「解離性昏迷」狀態，但沒有說出原因是她差點被親生父親殺死。

十年以後——

任憑時間徒然流逝，璃子小姐一直沒有恢復知覺。

對幸次先生來說，這樣反而比較幸福。

『就是因為失去心智，璃子才能變得更完美。現在的她只是我的一件作品。』

幸次先生在那封成為遺書的郵件裡寫下這句話。

他想永遠保持他們之間的這種關係，所以在一冴找來的偵探揭發他的罪行之前，他就帶著璃子小姐一起跳進暴風雨中的大海。

然後……

『我把璃子的頭和她唯一不完美的部位——左手小指——留給你。門是鎖著的，你要趁我姪子發現之前拿到這些東西。小指可以丟掉，但是人頭最好可以泡在福馬林裡保存下來，因為那是我這個製偶師最後的遺作。』

郵件以這句話結尾。

寂靜籠罩全場。

安靜得幾乎令人不敢呼吸。

「那根小指……」

一冴艱澀地開口，像是努力擠出肺部的空氣。

「是璃子小時候故意燙傷的。她說，她不喜歡父親把她當作人偶，只要有這個傷痕，她就是她自己，而不是人偶。」

他說著說著，聲音開始顫抖，後來就說不下去了。

一冴如同要抓出眼球似地摀住自己的臉。

「混帳！」

那忍住嗚咽的低語，聽起來比野獸的痛哭更令人鼻酸。

就這樣，事件在一個活人偶師的死亡之中落幕。

＊

外面依然颳著暴風。

但 Isola Bella 旅館被籠罩在空殼般的寂靜裡。

短短一夜之間，這個島上少了兩位居民。

一個是兇殺案的犧牲者。

另一個是自殺的兇手。

結果不等兩位魔界王子審判，兇手就自己先下地獄了。身為比賽對手的棘和皓自然不用說，連擔任裁判的篁都白跑一趟。那麼，這一次算是平手嗎？

（不對，不是這樣。）

從本質來看，兇手下不下地獄都跟受害者無關。

因為人已經被殺、已經死了，再也不會活過來。這是無法改變的事實。

可是，就算是這樣……

（這種結局實在太過分了。）

青兒發出不知道是第幾次的嘆息。

「好啦，青兒，差不多該繼續推理了。」

……嗯？剛才是不是聽到一句很奇怪的話？

「咦？等、等一下！推理什麼啊？幸次先生都已經死了！」

「是啊，不過真兇又不是他。」

「什麼！」

青兒不禁大吼。

「果然如此，我也是這麼想的！」

這時青兒才注意到，緋在他面前愉快地笑著。大概是因為雇主霜邑先生回房間休息，所以緋沒有繼續假裝跟他們不認識。

「要去案發現場嗎？你會去吧？我當然也要跟去！」

事情為什麼會變成這樣？

帶著一臉興奮的緋，青兒和皓來到位於二樓的璃子小姐房間。

「哇，好臭……看起來和剛才沒什麼不一樣。」

由於警察無法立刻趕來，得先保持凶案現場的原狀，除了木板窗為了擋雨而關上，其餘地方都和先前一模一樣。

地板上的烏黑血漬在燈光的照耀下閃閃發亮，顯得怵目驚心。

然後……

「首先，我認為幸次先生的遺書是假的。」

皓慢慢地環顧現場說道。

「要說那封信的內容為真，案發現場的疑點未免太多。你們知道有哪些嗎？」

緋活力充沛地舉手大喊「我知道」，像是在課堂上搶答。

「第一個是血跡！地上的血跡在輪椅周圍形成一個完整的圓形，可是這輪廓怎麼看都太整齊了。」

緋一副迫不及待的樣子，回答得很迅速。他跟皓一樣口齒伶俐，該說他們不愧是兄弟嗎？

「如果凶手在這個房間裡砍下活人的頭，牆壁和天花板卻沒有血跡，不是很奇怪嗎？而且沒有留下腳印或手印。」

的確是這樣。

如果那封遺書的內容屬實，幸次先生真是在這個房內砍斷璃子小姐的頭，再抱著裸體的她跳出窗外，那他的手腳上一定都沾滿了血。

可是地板、天花板、窗框都看不到血跡，這太不合理。

「而且地上的血一直沒有凝固，人頭切面的血跡卻凝固了，一定是加入了檸檬酸鈉之類的藥劑。」

「檸、檸檬……？」

青兒一臉錯愕，皓見狀便向他解釋：

「檸檬酸鈉是檢查血液時會用到的抗凝血劑。受傷之後血液不是會形成痂塊、防止血液繼續流出嗎？那就是凝血作用，而檸檬酸鈉有抑止凝血作用的效果。」

接著由弟弟代替哥哥繼續解釋：

「也就是說，這灘血可能是凶手為了偽造現場而事先準備的，說不定是輸血用的血液。」

「凶手為什麼要這樣做？」

「現在唯一可以斷定的是，璃子小姐不是死在這個房間，而是在其他地方被殺死再搬運過來的。地上的血跡只是用來假造殺人現場。」

「不可能吧？」

青兒忍不住插嘴說道。

「凌晨一點左右，我和皓還有霜邑先生來過這個房間，當時我們親眼看見璃子小姐平安無事。發現人頭是在凌晨一點半，間隔只有三十分鐘。難道凶手是在這段時間把璃子小姐帶出去殺死，然後又搬回來嗎？」

「呵呵，我就知道青兒會這樣說。」

「又沒有其他可能性……啊，可是我們七人都有不在場證明，那麼凶手只能是幸次先生了……」

青兒抱住糾結的腦袋呻吟，皓憐愛地摸摸他的頭。

「我來回答你吧。我們最後一次看到璃子小姐是在凌晨一點，其實她當時已經被殺死了，我們看到的是『璃子小姐的屍體』。」

青兒想說「怎麼可能」，但喉嚨彷彿被人掐住，一個字都說不出來。

看不下去的皓暨起食指說：

「你回想一下，我們當時看到的璃子小姐是不是有些不自然的地方？」

「啊？哪裡？」

「衣服啊。璃子小姐白天穿的是短袖連身裙，半夜卻變成長袖上衣和馬甲裙。在停了電不能開冷氣的夜晚穿成這樣不太適合吧。」

對耶。因為她太像人偶，青兒才沒有發現不對勁，仔細想想，穿成那樣搞不好還會中暑。

「為什麼要把璃子小姐打扮成那樣呢？或許是為了用布料更多的衣服遮住『裡面』。」

……裡面？

「也就是說，我們最後一次看到的璃子小姐只有腦袋，她的身體則是用『裝入血液的人形容器』做成的。簡單說，那像是有著人偶外表的水袋。」

意思就是人形的水球吧，只不過裡面裝的不是水，而是加入抗凝血劑的血液。

把這東西弄得像人偶一樣放在輪椅上，再穿上長袖上衣和馬甲裙，遠遠地就看不出端倪。

但是這種做法太過駭人聽聞，青兒實在不願相信。

緋邊聽著皓的推理邊點頭，這時突然拍了一下手。

「喔，對了！血液的密度大約是每立方公分一公克，璃子小姐身高大約一百五十公分，體重估計是四十公斤，那麼體積就有四十公升……沒錯，差不多就是這個分量。」

緋一臉佩服地說道。青兒很好奇他怎麼知道四十公升的血液大概是多少，但又很怕聽到答案，乾脆不問了。

「就算身體可以做假，但是璃子小姐的頭……」

「用『真貨』不就行了？」

緋不以為意地聳肩說道。

「在其他地方切斷璃子小姐的頭，再放到假身體上。當然，要先放光裡面的血，鼻子和耳朵塞一些東西就能避免其他體液漏出，而且當時停電了，房間裡一片昏暗，只要別聞到屍臭，很容易就能糊弄過去。」

青兒的腦袋一片空白。

放血、體液漏出、屍臭……青兒理解這些詞彙的意義之後，突然覺得很想吐，急忙摀住嘴巴。

但是緋根本不在乎青兒的反應。

「那套悶熱的立領上衣和馬甲裙是用來遮掩人頭和身體連接的地方。凶手最後用針狀的東西刺破身體部位的水袋，裡面的液體慢慢流出，水袋就會像漏水的水球逐漸凹陷，人頭失去支撐，自然掉到輪椅下方……」

這樣說來，應該會有東西撞在地板上的聲音。

他們凌晨一點半在喝霜邑先生泡的香草茶時聽到樓上傳來聲響，那就是璃子小姐的腦袋掉在地上的聲音吧。

「第二個疑點是現場的窗戶。」

皓在一旁繼續說道。

「我們在凌晨一點左右第一次來到這個房間時，內側的木板窗還關得好好的，但是三十分鐘以後發現璃子小姐的人頭時，木板窗全都打開了，外面玻璃窗的左邊那扇也是開著的。從這點來看，一般會認為凶手是趁著我們都在會客室的三十分鐘之間進去殺害璃子小姐，並且打開窗子……」

「咦？難道不是這樣嗎？」

「窗台沒有血跡太不自然了。還有另一件事很奇怪，就是窗子濕的地方。」

「啊……」

對了，皓當時確實特別在意窗戶。

「我問你們，凌晨一點到一點半進入颱風眼時，雨停了一陣子，如果凶手在這段時間打開窗戶，那麼外面的玻璃窗和內側的木板窗會有哪些地方淋濕呢？」

「哪些地方……」

根本不需要想。

外面的玻璃窗在進入颱風眼之前一直受到風吹雨打，所以濕的當然是玻璃外側，內側是乾的。至於木板窗被雨淋濕的可能性……

——嗯？等一下……

「沒錯，現場的情況正好相反。」

青兒驚愕地睜大眼睛，皓爽快地點頭回答。

「我先前叫你去確認過了，不應該淋濕的木板窗卻在滴水。也就是說，玻璃窗其實是開著的，而且看到只有左邊的玻璃窗淋濕就知道，在颱風帶來風雨之前，窗戶已經打開了。」

原來如此。

如果左邊玻璃窗在開始下雨之前就打開了，右邊的玻璃窗從頭到尾都被擋住，自然不會被淋濕。

可是……

「等一下！我們凌晨一點來看璃子小姐時，窗戶明明是關上的啊！」

「是啊，但是關上的只有木板窗。我們看到木板窗關著，就誤以為外面的玻璃窗也有鎖好。」

的確，這個房間的木板窗是使用堅固的整片橡木，只要關好再上鎖，即使外面的玻璃窗開著，也不用擔心風雨從縫隙中吹進來。

「我來做結論吧。凶手趁著進入颱風眼時，假裝確認木板窗有沒有鎖好，偷偷地打開窗扣，等到颱風眼離開或是風向改變，木板窗就會在房間空無一人的情況下自行打開了。」

喔喔，原來是這樣。

在房間裡發現人頭的時候，青兒曾經把頭探出窗外，他記得當時有風從正面吹來。

所以風就是悄悄打開木板窗的共犯。

「可是，要這麼說的話……」

青兒的心臟狂跳不已。

如果皓的推理正確無誤，這一連串的機關只有一個人能做到。

「所以說，凶手在凌晨一點左右做了三件事，第一是讓同行的我們確認璃子小姐平安無事，第二是趁著淮入颱風眼時假裝確認木板窗是否鎖好，同時偷偷打開窗扣，第三是假意幫璃子小姐重新戴好胸針，趁機在她身體的部分刺出一個小洞。」

終於……

黏在上顎的舌頭終於能動了，青兒吞了一口口水。

「凶手該不會是霜邑先生吧？」

「是啊，就是他。」

皓爽快地肯定。

「如果凶手是霜邑先生，我就知道為什麼要切斷璃子小姐的頭和小指了。這就像是魔術表演中的『錯誤引導』，簡單說，那是引開觀眾注意力的障眼法。」

「障、障眼法？」

「就是為了取回『魔術道具』而設下的機關。我們走進房間後，注意力會先集中在地上的人頭，他便趁機跑到輪椅前，把『人形血袋』連著衣服一起抱起來，露出輪椅上的小指並發出慘叫，然後，再趁我們把注意力轉移到小指的時候悄悄離開房間。」

對了，那時霜邑先生確實抱著璃子小姐的衣服，一臉蒼白地跑出房間，好一陣子都沒有回來。

後來，他又以身體不適為由獨自留在會客室休息，原來他是要趁那個時候銷毀掉最重要的證據——衣服。

「好，這麼一來就解決了。」

緋突然彈響手指。

「什麼嘛，比我想像的簡單多了。所以接下來只要抓到霜邑先生就好！他應該是在自己房間休息，說不定正準備逃跑呢。我現在就去找他！」

話一說完他就跑向門口，途中還轉過頭來，對青兒笑了一下。

「現在你應該知道我比你更有能力了吧？你也該認清自己的斤兩，要辭職的話就趁早，不要拖到收垃圾的日子。」

他像麻雀吱吱喳喳地嘲弄個沒完。

說完，緋就意氣風發地離開了。

這時……

「喔？是簡訊嗎？」

皓從懷裡取出手機。大概是先前寄出的信收到回覆，他迅速看完內容，「呵呵」地笑著。

……感覺有些可怕。

（嗯？等一下……）

青兒好像見過這種表情。

那應該是……皓在打什麼壞主意時的表情。

「不好意思，手機再借我一下吧。終於能順利收發郵件了。喔，對了，網路也可以使用了。」

「啊，對了！」

青兒想起一件事。

「那個，其實我有東西想要給你看看。」

青兒迫不及待地拿回手機，從瀏覽紀錄中找到先前看過的靈異留言板，點下一個看過的網址，就出現一張泛黃的雜誌內頁。

「喔？難道這就是那張靈異照片？」

「嗯，是啊……現在才給你看好像有點晚了。」

皓再次從青兒手中接過手機，仔細地盯著螢幕。

然後……

「咦？怎、怎麼了嗎？」

皓低著頭，肩膀突然顫抖起來，青兒還以為他哭了。

——呵呵呵呵呵。

聽到這聲音，才知道皓是在笑。

……實在太恐怖了。

「青兒，你立了大功喔。」

皓表現出前所未有的愉悅，摸摸青兒的頭說：

「你在最後一刻反敗為勝了呢。」

「啊？」

「謝謝你。這麼一來就湊齊了最後一塊拼圖。」

*

皓帶著青兒來到圖書室。

皮革書本特有的味道宛如沉澱物堆積在靜謐的室內。皓站在青兒之前看到無頭屍體的位置。

「好，關於你看到屍體的那件事。」

他開口說道。

「我先假設你看到的一切都是真的，也就是說，你在午夜零時迷路時，這個地方真的有一具無頭屍體。」

青兒忍不住「啥？」了一聲。

「等、等一下！明明是你自己說，牆壁和地板都沒有血跡，地毯也沒有更換過的痕跡耶！」

「是啊，確實如此。不過那只限於目前看得到的範圍。」

這句話感覺含意深遠。

「我們先來回顧一下事情發生的經過。你要去本館的會客室時迷了路，聽到門後發出聲音，所以不小心闖進這個房間，然後在鏡子裡看到『倒在立鐘前的無頭屍體』，隨即嚇得逃走。沒錯吧？」

「嗯，是啊。」

「所以你只是看到『映在鏡子裡的無頭屍體』，並沒有轉過去親眼確認。」

這話說得真奇怪。

「既然映在鏡子裡，後面當然有東西啊。」

「呵呵，誰知道呢？」

皓邊說邊走到鏡子旁，然後對青兒招招手。

「青兒，你再一次站在這裡，然後告訴我你在鏡子裡看到什麼。」

青兒疑惑地歪著頭，心不甘情不願地站到鏡子前。

可以的話他真的不想再看，但雇主既然開口要求了，他也只能乖乖聽令。青兒下定決心想「看就看吧」，望向前方的鏡子。

「唔……我看到的是站在前方的自己、地上的地毯、牆邊的書櫃，還有……」

青兒突然張大嘴巴。

他此時才發現——

「沒錯，你在午夜零時看到的是『不可能看到的東西』，那就是『映在鏡子裡的立鐘』。因為立鐘在鏡子正前方，和鏡子以及你排成一直線，所以照理來說，立鐘應該會被你的身體遮住，不可能出現在鏡子裡。」

的確。

青兒如今在眼前的鏡子裡並沒有看到立鐘，和皓說的一樣，立鐘完全被他的身體擋住了。

「所以這和傳說中的靈異照片一樣，當時鏡子裡並沒有映出你的身影。」

青兒想要反駁「怎麼可能會有這種事」，但又想到……

——其實有可能。

他一發現無頭屍體立刻逃出圖書室，就算鏡子裡真的沒有映出他的身影，他恐怕也不會注意到。

「為什麼會這樣呢？答案就在那張靈異照片裡。」

皓遞出手機，螢幕顯示著先前青兒給他看的雜誌內頁。

拍攝地點是圖書室，鏡頭從斜後方的角度拍下一位嬌小的女性——那多半就是玻璃女士。

「看到這張照片，你不覺得有哪裡不對勁嗎？」

「沒有啊，除了鏡子裡沒有玻璃女士的身影之外……啊啊啊！」

青兒看了好一陣子才注意到。

鏡中的立鐘有個明顯的怪異之處。

「對，就是鐘面的數字。這明明是鏡子裡的倒像，數字卻沒有反過來。因為這座鐘用的是羅馬數字，所以乍看不容易發現，但仔細看還是看得出來，其他所有家具都是左右顛倒，只有這個立鐘和實物一樣是正的。」

「怎、怎麼會這樣？」

「其實這張照片是在玩『大家來找碴』的遊戲，出題的幸次先生藉著這張照片透露了一件事……」

皓邊說邊走向立鐘。

他在鐘面上摸索著，然後喀嚓一聲，手指陷入鐘面，就像按下了按鈕。然後……背後傳來吱軋聲。

青兒吃驚地轉過頭去，發現靠在後方牆邊的鏡子竟然像門一樣打開……原來那是一扇機關門。

「嗚！」

門裡頓時湧出一股血腥味。那是腐敗血液的噁心惡臭。

然後……

「咦？」

青兒看見地上躺著一隻被砍掉腦袋的白狼，但是，白狼轉瞬之間又變成身穿漆黑長袍的無頭屍體。

——是幸次先生。

但是最讓青兒訝異的是……

「這、這是怎麼回事？」

機關門的另一邊是和圖書室一模一樣的小房間，飛濺到天花板的血跡清楚表示這就是殺人現場。

包括排滿整面牆的書櫃、黃銅鐘擺搖曳的立鐘——仔細一看，連壁紙和地毯的花紋都是左右顛倒的，完美重現一個鏡中世界。

其中只有一個例外，那就是鐘面上的數字。

「這就是幸次先生打造的祕密房間吧。他把機關門做成鏡子的樣子，又把鏡子後面的房間做成左右相反的圖書室，如同鏡中的景象。」

皓邊說邊指著排放在牆邊書櫃的一本書。

「書背上省略了該有的書名和作者名，應該也是為了打造這個祕密房間。如果要做得和真正的鏡中世界一模一樣，就得把每一個字都反過來，所以乾脆統一用假書比較省事。」

原來如此。不過這種做法已經稱不上是情趣或怪癖，而是偏執了。

「喜歡惡作劇的幸次先生一直等著朋友們發現這個祕密房間，可惜事與願違，一直沒有人認真看待這件事，他等得不耐煩了，所以拍了靈異照片做為線索。藏在照片裡的提示就是立鐘，說不定他為了拍這張照片，還刻意把數字相反的立鐘鐘面換成正常的鐘面呢。」

然後他在機關門打開的情況下從圖書室拍了這張照片，讓祕密房間顯現出「鏡中景象」的假象，還讓玻璃女士站在鏡子前，偽裝成靈異照片。
也就是說，青兒迷路的時候，這扇機關門也是開著的。
「咦？這麼說來，我看到的並不是幻象囉？」
「嗯，是啊。你一直懷疑是自己左眼出了問題，其實你應該相信自己才對。」
「那個，皓，你是從什麼時候開始覺得我說的話可能是真的？」
「我從一開始就覺得是真的。」
青兒不禁「咦」了一聲，用訝異的眼神看著皓。
這個答案令他大出所料。
「我早就決定要相信你用左眼看到的事物，無論你自己相不相信。因為你不管看到多奇怪的事情都不會作假或遮掩，所以我覺得可以相信你。」
皓露出了白牡丹一般的明豔笑容。
「你明知會被懷疑是左眼出問題，依然老實說出你看到的事，所以我覺得只要你還是我的助手，我就應該相信你。」
怎麼辦？突然覺得好想哭。
（說不定……）

「信賴」這個詞是由信任和依賴組成的，但青兒在過去的人生中，或許從來沒有體驗過這些事。

因為就連他唯一的朋友──他認為是好友的豬子石，都沒有跟他商量過任何事就選擇了尋死。

即使如此……

他還是希望被人信任。

還是希望被人依賴。

就算他做的一切都只是白費工夫的掙扎。

他還是希望至少有人可以給他一次徒然掙扎的機會。

──啊啊，是這樣啊。

直到現在，青兒對豬子石的死依然無法釋懷。

「好啦，青兒，關鍵的無頭屍體已經找到了，你去會客室把一冴先生和紫朗先生叫來吧。」

皓拍了一下手，和平時一樣開朗地說道。

青兒想回答「我知道了」，聲音卻哽在喉嚨裡。

他急忙咬緊牙關，用力皺緊眉頭，垂著臉點點頭，迅速轉過身去，然後用肩膀擦擦眼角。

——我都知道。

如今再為豬子石流淚也於事無補。

*

——找到祕密房間了。

青兒回到會客室，對一冴說出這句話，他立刻臉色大變地衝出去。

然後……

「啥？騙人的吧！為什麼這傢伙死了啊！」

一冴看到祕密房間裡的屍體之後十分不解，激動地吼道。

等他聽完皓一連串的推理……

「怎麼會？這麼說來，凶手就是霜邑那老頭囉？」

他愕然地喃喃說著，抱住自己的頭。

紫朗倒是很快就接受事實，雖然他被兩人叫出來時眼中充滿了懷疑的神色。

「或許已經太遲了。」

他臉色蒼白地說出這句話。

「我聽說霜邑身體不適，剛才跑去探望，卻發現他不在房間裡。」

「混帳！那傢伙竟然逃跑了！現在浪還很大，他絕對不可能離開島上。我立刻就去把他找出來！」

「等一下，別這麼衝動！後面的事就交給警察吧！」

「你少囉嗦，去死啦！」

一冴憤怒地罵道，接著又恨恨地瞪著地上的無頭屍體。

「混帳，追根究柢，都是因為這傢伙害死了玻璃嬸嬸！」

他一副怒氣騰騰的樣子，感覺隨時會舉腳踹向屍體。

「我勸你最好別動手，因為那具屍體不是幸次先生。」

聽到皓這句話，一冴震驚地望向他，青兒和紫朗也有相同的反應。

「性別不對，這具屍體是女性。」

一冴本想反駁「怎麼可能」，但是他突然驚覺，仔細看了一下，就發現那具仰躺屍體的胸前有些隆起。

「那麼，這具屍體到底是……」

一冴正想問「是誰」，卻突然停下來，臉色頓時發白，然後他的視線落在屍體沒戴皮手套的左手上。

沒有指頭。

左手的小指不見了，像是被利刃割斷的。

（難道……）

青兒想到的是在沾滿血跡的房間裡看到的輪椅，還有孤零零留在輪椅上的一截斷指。

「是的，這是璃子小姐。」

時間彷彿突然停止。

皓無視一臉茫然的眾人，淡淡地說道：

「同一個晚上出現了無頭屍體和人頭，一般都會覺得是同一個人的吧。也就是說，兩者都是璃子小姐的。」

「等、等一下！所以那個混帳傢伙到底在哪裡……不對啊，璃子哪有這麼高？」

一冴面如土色，整個人陷入慌亂。

皓聽到他的問題，便指著地上某處。仔細一看，在地毯沒有蓋到的角落有兩扇對開的門。

「答案或許就在那裡面。」

聽到皓這句話，一冴立刻拉開地窖的門。

眼前出現一個黑漆漆的洞穴。

在狹窄的水泥牆之間，有一座樓梯通往地下。

「這是什麼？地下室嗎？」

「可能是旅館留下來的地下設備。仔細想想，說不定連這個祕密房間都是用旅館的床單倉庫和洗衣間改裝而成的。這麼說來……」

紫朗自言自語似地回答了一冴的問題，然後從胸前拿出筆型手電筒。

紫朗帶頭走下樓梯，在樓梯盡頭看到一扇厚重的鐵門。那扇門上到處布滿紅色的鐵鏽，看來是個廢墟。

一冴正想去抓門把，卻突然倒吸一口氣。

「喂，鎖是不是壞了？」

「大概是用鑽子破壞的，這是闖空門常用的技巧。不過這扇門有點怪，好像只能從外面上鎖。」

紫朗喃喃說著，小心翼翼地打開門，裡面立即湧出塵埃和霉味，令青兒猛咳起來。

緊接著……

「那是什麼？」

看到被手電筒照亮的那個東西，四人一起屏息。

那是一具乾屍。

乾屍趴在地上，露出凹陷的後腦勺，像枯枝一樣乾癟的手腳已經有一部分變成白骨，身體下面有著黑色汙漬，可能是腐爛的死肉流出的液體。

從衣服看來應該是男性，但已經看不出他生前的樣貌。朝向側面的臉上有兩個像是眼窩的凹洞，空虛地盯著半空中。

「啊，牆上有燈的開關，要打開嗎？」

皓依然悠哉地說著，打開天花板的日光燈。

出現在他們面前的是類似單人房的小房間。

最明顯的家具是單人床和書桌，此外只有一個衣櫃。裸露的水泥地上除了積滿灰塵的乾屍之外，還躺著一些蒼蠅和蛾的屍骸。

「這裡該不會是……」

看到掛在牆邊衣櫃裡的連身裙和桌上裝飾的布偶，青兒頓時豎起了寒毛。

這是小孩的房間嗎？而且多半是十幾歲少女的房間。

就在這照不進一絲光線的地底。

「喂，你們看這個。」

一冴從桌上拿起筆記本，蓋著灰塵的封面上以油性筆和孩子的字跡寫著擁有者的名字。

——絢辻璃子。

「這到底是怎麼回事？」

一冴的聲音如囈語般顫抖。

紫朗不顧會弄髒名牌西裝，跪在地上，摀著嘴巴忍住想要嘔吐的感覺，把臉湊近地上的乾屍。

「他戴著格魯恩手錶。叔叔最喜歡這種手動上發條的古典手錶，那麼這具屍體……」

難道是幸次先生？

「從頭蓋骨凹陷的情況來看，死因是頭部受到打擊，凶器多半是桌上的檯燈，檯燈底下可以看到沾有血跡。」

「等一下，這是怎麼回事？既然已經變成乾屍，可見不是這一、兩天才死掉的。但是這傢伙昨天明明還活著……」

一冴迷惘地叫著，但他突然停了下來。

他顫抖著嘴唇，喃喃說著「不會吧」。

皓聽到他的問題，靜靜地點頭回答：

「那是璃子小姐。真正的幸次先生早在兩年前就死了，是被他的女兒璃子小姐殺死的。」

青兒還以為自己聽錯了。

但皓突然附耳過來說道：

「提示是『打鐵婆婆』。『千匹狼』的故事在不同地區對妖怪的身分都有不同的解釋，有的說是老貓，有的說是鬼婆婆。但無論在哪裡，都有一些共通點。」

天亮以後，送貨員跟著白狼留下的血跡來到佐喜濱的一個小村子，最後走到一間打鐵屋前。

他敲門呼喚屋主，得知這一家的老婆婆昨晚受了重傷，正躺在裡面休息，送貨員知道那就是白狼，於是進去一刀宰了牠，老婆婆一死就變回白狼的外貌。

之後，他在地板下發現了堆積如山的人骨，其中也有像是老婆婆本人的骨頭。可見這隻白狼殺了老婆婆，還一直假扮成她的樣子。

「也就是說，『打鐵婆婆』這種妖怪的特點是『殺人』和『替身』，牠藉著假扮成被殺的人來隱瞞殺人的事實。傳說中藏屍體的地方是『地板下』，所以到了現代就變成『地下室』啊。」

皓盯著地上的屍體，恍然大悟地喃喃說道。

然後他望向桌上的布偶，沉痛地瞇起眼睛。

「其實聽到你說『打鐵婆婆』的事情時，我就想到這種可能性了，也猜到凶手多半不會是璃子小姐以外的人。」

最後他也真的證明這個猜測。

「我來做個總結吧。」

皓轉頭看著一冴和紫朗說道。

「自從玻璃女士十年前發生意外後，璃子小姐一直被關在這裡。兩年前，她殺死父親幸次先生，並假扮成他的樣子。」

皓若無其事地說著，紫朗喘著氣說道：

「等一下，你說她從十年前就被關在這裡？怎麼可能？意外發生後，我們都在這座島上見過璃子，那到底是……」

「是活人偶。幸次先生拋下了製偶師的工作，以璃子小姐為模特兒偷偷製作了活人偶，然後在十年前，他害死玻璃女士後，為了封住璃子小姐這個目擊證人的嘴而實施某個計畫——藉由萩醫師的協助，用人偶取代璃子小姐。」

青兒突然想起一冴昨天說過的話。

『他要的不是一個活生生的女兒，而是人偶。』

沒想到幸次先生真的用人偶扮成他的獨生女。

「人偶當然不會說話也不會動，萩醫師和霜邑先生這兩位主治醫師都用『解離性昏迷』的病名來掩人耳目。」

「怎麼可能有這種事？」

「對幸次先生而言，最大的威脅或許就是那張靈異照片，因為那張用來當作提示的照片，如今成了指出璃子小姐監禁地點的線索，所以後來才會發生回收雜誌的騷動。」

「等等，不對啊！誰都看得出璃子的臉每年都有改變，如果那是人偶，臉應該和十年前一樣吧……」

紫朗說到一半突然臉色發白。

「等一下，難道……」

他喃喃說著，嘴唇如觸電般顫抖。

「沒錯，幸次先生依照被監禁在地下室的璃子小姐成長的情況持續修改人偶的臉。不，更正確的說法應該是，他為了讓人偶逐漸變得成熟，所以需要璃子小姐當作範本。說不定他讓璃子小姐活下來只是為了這個理由。」

皓平靜地說道。

「真是瘋了……」

聞言，一冴吐出無力的唾罵。

「他怎麼能做出這麼過分的事……」

青兒也忍不住嘆道。

從一冴說過的話聽來，早在玻璃女士還沒過世時，幸次先生和璃子小姐的關係就很惡劣了，但是不管怎麼說，她都是血濃於水的親生女兒，幸次先生竟然做出那種事……簡直不是人。

「答案應該就是璃子小姐現在的模樣。」

「啊？」

「我指的是她的身高。」

皓轉向一冴和紫朗。

「她似乎跟你們兩位差不多高。這是從誰遺傳而來的呢？」

「我們的奶奶是俄羅斯人，又是個舞台演員，她的身高有一百八十公分。聽說爺爺去歐洲遊學時對奶奶一見鍾情，但她很年輕的時候就過世了。」

原來如此，所以一冴、紫朗和璃子小姐都有四分之一的外國血統。

「璃子小姐在十歲左右被監禁，剛好是第二性徵出現、正要進入青春期的時候。你說璃子小姐和幸次先生的衝突從那時候變得越來越大，我想身高或許就是其中一個原因。」

青兒想要反駁，卻又說不出口。

回頭想想，靈異照片裡的玻璃女士體型非常嬌小，如果幸次先生這位製偶師的眼中最完美的女性就是那副模樣……

「女孩子到了青春期，就算一個夏天長高將近二十公分也是有可能的。身為父親應該對孩子的成長感到喜悅，幸次先生卻無法忍受女兒越來越偏離自己對『最佳傑作』的標準。璃子小姐很像父親幸次先生和當過女演員的奶奶，成長之後變得和幸次先生一樣高。」

因此他把成為「失敗作品」的女兒關進地下室。

「也就是說，這間 Isola Bella 旅館發生過兩次『替身事件』，第一次是人偶取代了少女，第二次是女兒取代了父親。」

聽到皓這番話，三個人的目光都集中在地上的乾屍——後腦勺留下明顯傷口的幸次先生的屍體。

「第二次替身事件應該是發生在兩年前。當時幸次先生解僱了屋內所有傭人，並且開始用長袍和面具裹住自己。想必是璃子小姐為了扮成幸次先生，故意用這種方式來瞞過別人的眼睛。」

青兒忍不住插嘴：

「這樣不對吧？就算她能瞞過別人的眼睛，也沒辦法改變聲音，只要一開口就會洩漏身分了。」

「沒錯，當時十八歲的璃子小姐若要假扮成幸次先生，絕對少不了霜邑先生的幫助。也就是說，璃子小姐兩年前殺害幸次先生時，霜邑先生就已經是她的共犯。」

「難道……」

紫朗喃喃說著，但他的眼神飄移，像是不知道該不該說下去。

「是霜邑……慫恿璃子殺死叔叔的嗎？」

「喔？你想到了什麼？」

紫朗被皓這麼一問，下定決心似地吐了一口氣。

「……其實我來到島上之前，找人調查過霜邑的底細。」

「啥？等一下！你為什麼要這麼做？」

一冴睜大眼睛問，紫朗神情尷尬地別開了臉。

「關心璃子的人不只有你一個。我早就懷疑霜邑在診治璃子時，可能動過某些手腳，或許他會為了把璃子當成人偶留在身邊而和叔叔聯手。」

關於他的調查結果……

霜邑以前確實在東京開過診所，他和前一任的萩醫師是老相識，萩醫師在返鄉時請他來代班，所以他才認識了幸次先生。

「他的國籍是日本，但出生在英國，母親是日本人，父親是英國人，還有一個雙胞胎哥哥。父母相繼身亡後，他被舅舅一家接回去當養子，但他的哥哥不被舅舅接納，只能去兒童安置教養機構……」

紫朗說到這裡就停下來，咳了兩聲之後才繼續說：

「但他十二歲就逃出機構，二十八歲時因為殺人被逮捕。聽說他殺死了十八位東洋少女，還把受害者泡在福馬林裡保存起來。」

「……啊？」

接著他被判無期徒刑，這在已經廢止死刑的英國代表一輩子都得關在牢裡，然而他不到兩年就在牢裡自殺了。

但是……

「那、那是霜邑先生從小分離的哥哥所做的事，和他又沒有關係！」

「這就很難說了。他待在牢裡的兩年間，有一位犯罪心理學家去訪問過他，當時他說的一些話讓我很在意……」

在這對兄弟還很年幼的時候，他們暴躁的母親有一天因為喝醉酒，在洗澡時溺斃了。後來她的遺體化為屍蠟，兩兄弟還繼續過著「母子三人」的生活半年之久。

『每天晚上我都牽著雙胞胎弟弟的手，去親吻沉在浴缸裡的母親額頭。後來我變得只愛人偶，所以我才殺死那些女人，讓她們變成人偶。我不知道弟弟現在在哪裡，但我覺得他一定也和我一樣。』

紫朗存在手機裡的英文採訪之中有這麼一段話。

「怎麼會……」

青兒愕然地全身顫抖，彷彿室溫在一瞬間降低。一冴也露出被冰塊噎住的表情，臉色如紙一般蒼白。

只有皓依然以尋常的語氣說：

「這是 necrophilia，也就是戀屍癖。依照佛洛伊德學派的解釋，這是因為幼年時期對『睡眠中的母親』的依戀轉變成一種欲望。人偶和屍體有一些共通點，那就是同樣沒有活人的溫度，也沒有想法和感情，永遠是被動的。」

紫朗聞言，表情僵硬地點點頭。

「這件事和霜邑的確沒有直接關係，但他來到這座島上的經過很可能牽扯到殺人事件。」

「這是怎麼回事？」

「上一任的萩醫師因車禍死掉了，宛如要和霜邑換班似地。」

從他的話中聽來……

萩醫師為了參加親戚的法會，回到本島後就發生車禍過世了。他在爛醉的狀態下衝到馬路上，被長程貨車給輾過。

但是……

「聽說在那之前還有其他人在他身邊，但沒有確切證據。奇怪的是，警察始終查不出萩在發生事故的那天晚上曾經在哪裡喝過酒。」

或許是被某人綁架，強迫灌酒之後被推到馬路上——警方內部也有人質疑萩是死於他殺，但又找不出能證明這是凶殺案的線索。

「可是霜邑有不在場證明，有證據顯示他在事故當天在這座島上幫萩代班。不過，說不定霜邑委託了別人去做……」

紫朗說到最後聲音有些顫抖。因為懷疑，以及恐懼。

「這或許只是愚蠢的妄想，但是這座島上的人，除了霜邑之外全死光了，第一個是萩，第二個是幸次，第三個是璃子。或許他先殺了萩，以主治醫師的身分混進島上，之後慫恿被監禁的璃子殺死叔叔，最後又為了封口殺害璃子，還把罪行推給她的父親……」

就這樣，一個人都不剩。

只留下一冴和紫朗這些外來的客人，以及偽造的不在場證明。

「這確實是個完美的劇本，不過有幾件事讓我很在意。」

皓對青兒說著悄悄話。

「第一點是霜邑在你的眼中並沒有變成妖怪。」

「呃，可是，那是因為我的左眼……」

「你的左眼沒問題。呵呵，這點我等一下就會解釋。」

皓露出了別有深意的笑容。

「最讓我在意的是凶手搞了這麼多花招，卻完全不考慮警察的調查能力。」

「怎麼說？」

「那些把戲，一旦經過警方調查就會被看穿。譬如說，留在現場的血跡會被驗出抗凝血劑。還有，就算凶手費心製造不在場證明，但是留下了人頭就能清楚推測出實際的死亡時間。這麼看來，這些把戲的有效期限只到『警察抵達為止』。」

「呃……或許凶手打算在警察開始調查之前先逃走？」

「也有這個可能，不過逃走就等於承認自己是凶手吧。」

的確是這樣。青兒正贊同地點頭時……

「你為什麼一直不說！如果早點知道霜邑的事……」

「我已經說過了，那些都是毫無根據的妄想！萩的事情也被警方判定為意外。我本來想要多蒐集一些線索，結果你就說要來島上！」

兩兄弟又吵了起來。

「那你為什麼不跟我說！來到島上之後明明有機會！」

「開什麼玩笑！如果讓你知道了，你鐵定會不顧分寸地大鬧一場！說不定還會因此被殺掉……」

「那又怎樣！如果我先被殺了，或許璃子現在還……」

「你鬧夠了沒啊！」

看到一冴激動吼叫的模樣，紫朗的火氣也上來了，他怒氣騰騰地揪住一冴的衣襟，氣急敗壞地吼道：

「你老是隨便把別人的關心踩在腳底下！你以為我為什麼要來這座島上！還不是為了讓你活著回去！可是你不管長到幾歲都不肯乖乖聽別人的話！」

聽起來是如同往常的批評和謾罵。

可是……

「……喂，等一下，你剛才說什麼？關心？你會關心我？」

「啥？你現在還問我這個！我明明從小到大都很關心你，是你一直當作沒看見！不管人家怎麼規勸，你都滿口抱怨！時尚品牌那件事也是，我給了你那麼多忠告，你卻……」

「……等一下，你說的忠告難道是指那些嘲諷和指責？」

一汐呻吟似地說道。這時……

「嗯？是不是有什麼聲音？」

聽皓這麼一說，青兒豎起耳朵，確實聽到一些怪聲。

（那是什麼？）

背上突然冒起一股惡寒。

那不是風聲。彷彿有一條大蛇在這面水泥牆後發出威嚇的嘶嘶聲。

是蒸氣噴出的聲音嗎？

「難道是鍋爐室？」

紫朗血色盡失，立刻衝向房間深處。

接著……

（咦？）

積滿灰塵的地上出現新的腳印，看起來就像皓的……不對，應該是更嬌小的女人或孩子的腳印。

腳印走去的方向是——

「混帳，這個鎖也被破壞了！到底是誰幹的！」

房間最裡面有一扇金屬門，乍看彷彿是牆壁的一部分，走近之後才會看到長方形的輪廓。

紫朗拉開生鏽的門把。

裡面突然傳出噴氣的聲音，像是有一大團風撲面而來。

「那是什麼……」

門後方是一片平台，前面有一座通往地下二樓的鐵梯。

下面是一個直徑兩公尺、高度四公尺左右的巨大金屬圓柱。這個看似有好幾噸重的裝置不停噴出水蒸氣，而且持續發出撼動空氣的震動，簡直就像一頭發狂的鐵牛。

「喂，熱氣都衝到這裡來了！情況不太妙！」

「笨蛋，何止是不太妙！這裡還是旅館的時候，曾經發生過鍋爐爆炸的意外，有兩個員工因為嚴重燙傷過世，而且原因是冷水管腐蝕。混帳，在那之後經過了三十年，如果現在又啟動的話……」

紫朗的聲音隨即被蒸氣聲掩蓋過去。

現在這整個空間等於點燃了引信的炸彈。

皓一臉佩服地瞇起眼睛說：

「原來是這樣。看來凶手打算炸掉整個凶案現場，阻撓警方的調查。」

這是人做得出來的事情嗎？

「混帳！要趕快把機器停下來！現在或許還來得及！」

紫朗大聲叫道。

「啥？光是走近就會被燙傷吧！而且你知道要怎麼關嗎？」

「天曉得！我雖然管理過鍋爐室，但這是鍋爐技師的工作啊！不過我知道緊急處理的程序，現在只能賭一把了！」

紫朗脫下上衣，塞給一冴。

「你趕快出去！」

「啥？你在胡說什麼……」

一冴還沒說完，紫朗就揪著他的衣襟用力一推，像是要把他推出門外。一冴踉蹌了幾步，退出鍋爐室。

「你這笨蛋，至少最後聽一次哥哥的話吧！」

紫朗吼道，然後就關上了門。

——本來應該是這樣。

但門即將關閉前，一冴用鞋尖卡住了門縫。

「誰要聽你的話啊！你這蠢蛋！」

一冴硬是把門推開，跟著紫朗的背影衝向鐵梯。

就這樣……

吞噬了兩兄弟的門扉發出砰然巨響關上，只剩下完全被排除在外的青兒和皓。

「……我們快點逃到地上吧，反正他們也不記得我們的存在了。」

「說得也是。」

爬上樓梯的途中，皓轉頭對青兒說：

「對了，被騙了這麼久，我可不能當作什麼事都沒發生。別看我這樣，我一向是有仇必報。」

……早就知道了。

「好啦，青兒，我們該去打鬼了。」

皓雖然說得豪邁，臉上卻露出寂寥的表情。青兒還發現地上聽不見風聲了。

暴風雨停息了。

*

颱風已經離開。

激烈的風雨已不復見，宛如厚布的雨雲也出現許多破洞。

現在是凌晨五點，水平線大約從三十分鐘之前開始出現紅光，不知不覺間，天空布滿晨曦，像傷口流出的鮮血一般豔紅。

（正好符合這落幕的時分。）

他聳聳肩，在心中自言自語。

即將就要破曉，鬼吃人的夜晚也結束了。

可是……

「真奇怪，時間明明差不多了。」

他焦躁地用鞋尖踢著石板地，眺望下方的 Isola Bella 旅館。

這裡是 grand theatre 大歌劇院——階梯狀巴洛克庭園的最上層，高度大約海拔三十公尺。

如劇場舞台般的陽台上矗立著博羅梅奧家族的標誌——獨角獸雕像。

象徵高貴和傲慢的獨角獸在舊約聖經裡被視為「魔鬼的化身」，說起來確實很適合這座島。

（怎麼想都很奇怪。）

這時地底的高壓鍋爐應該要爆炸起火才對。

就算警察發現了火災，但這裡可是離海岸十五公里遠的小島，派出消防艇也是遠水救不了近火，大火在轉眼之間就會焚毀一切。

包括地下室的乾屍，以及頭和身體分家的屍體。

（不過那些都不重要。）

他只有兩個期望，那就是凜堂棘的死，更重要的是西條皓的死。

此時……

「哎呀，原來你在這裡欣賞爆炸秀啊。」

聽到這聲音，他頓時渾身一抖。

「這正是所謂的隔岸觀火。大家都說只有笨蛋和煙會往高處跑，你這地點未免選得太簡單易懂了吧……緋。」

來者是凜堂棘。

他背對著豔紅的大空佇立，有如一條黑影。

被他呼喚名字的少年——緋——嘖了一聲，但還是盡量裝出無辜討好的笑容。

「哇，偵探先生，你好早啊。不過你是不是搞錯了什麼？我只是遵照霜邑先生的吩咐來看看庭園的情況……」

「你說的霜邑先生，剛才已經被我抓起來打暈了。我想還是先告訴你比較好。」

「……你說什麼？」

「選擇碼頭真是太聰明了。我想應該是你指示的吧，他和一艘逃跑用的橡皮艇一起藏在岩石下的洞窟裡。大家都知道海灣設有警報裝置，不可能有人潛入，所以自然不會想到要搜查那邊。」

「不好意思，我完全聽不懂你在說什麼。」

「別再裝傻，其實我打從一開始就認出你了。你是魔族吧，而且是西條皓那個半妖的兄弟。沒錯吧？」

事情越來越麻煩了。

這個男人和緋同父異母的哥哥西條皓是勢不兩立的敵人，雖說他在閻魔殿的監視之下不能加害緋，但也不能掉以輕心。

「喔，被發現了啊？真令我吃驚，我們應該不認識吧。」

「是啊，我就知道你一定不記得，因為有人讓你忘記了。」

「……什麼意思？」

「這不重要，重要的是現在已經到了落幕的時刻。天快亮了，暴風雨也已過去，說不定會讓凶手逃掉。」

「啊，對了！你說霜邑先生被抓到了啊？真是遺憾。其實我是被皓哥派出來找霜邑先生的，沒想到被你捷足先登。不管怎麼說，事情都解決了！」

「是啊，我會解決的，現在就來解決。」

一根手杖指向緋的鼻尖。

棘像握著獵槍，把手杖對準緋。

「你就是這些案件的真凶。沒錯吧，緋？」

他猙獰地、高傲地笑了。

喔，原來如此。如果說這世上最高傲、最美麗的生物是獨角獸，想必就像這個男人吧。

「你到底在說什麼？你剛才不是說已經抓到霜邑先生了嗎？」

「是啊，我抓到他這個共犯了，或許也可以說是助手。不過，這件事之中的罪人只有你一個，至少照妖鏡是如此判定的。」

難道……這個男人已經知道了？

「讓我發現真相的是那個半妖養的狗。」

混帳，果然是因為遠野青兒。

「閻魔殿秉持『情報的公平性』，把消息透露給我。那個掛名助手的左眼裡有照妖鏡的碎片，能夠把人犯下的罪看成妖怪的模樣。」

緋啐了一聲。

那隻閻魔殿的走狗真是多管閒事。

「剛才我趁他的飼主不在時跟他談了一下，稍微恐嚇個兩句他就全說出來了。除了璃子小姐假扮的幸次先生，其餘六人沒有一個變成妖怪的樣貌。這實在太奇怪了。」

棘邊說，邊拄著手杖朝緋走近。

「這樣看來，殺死璃子小姐的凶手不在我們之間。但這是不可能的，現場的情形一看就知道設下了圈套，而且非得靠著霜邑先生的力量才能達成。」

皮鞋的腳步聲停下來——停在緋的面前。

「所以我想到一個假設。能在現場製造不在場證明的確實只有霜邑先生，但是其他的事……譬如殺死璃子小姐並割下她的頭、靠著偽造的身體假裝她還活著，就連霜邑先生之外的人也做得到，而那個人就是這件案子的真凶。我也想到，若凶手是魔族，或許會被照妖鏡判定為無罪。」

說得沒錯。

人吃牲畜，鬼吃人——這是天經地義的事。

就算人收割作物、宰殺家畜，也不會被照妖鏡判為有罪。

同理，既然殺人、吃人——甚至是冷血殺害自己的親兄弟——是魔族的天性，區區一顆人頭也算不了什麼。

（話說回來……）

站在他眼前的棘，本身就是殺死十二個兄弟的大罪人，若是那個廢物注意到他從來沒有變成妖怪的樣貌，應該就會發現這點了。

「昨晚我和半妖都奉命留在客房裡直到午夜零時，所以凶手只可能是你。」

緋幾乎要喊出「閉嘴」，又急忙咬住自己的嘴唇。

如果現在反駁就正中對方下懷了。

「至於共犯霜邑先生沒有變成妖怪的理由嘛……應該可以把他比喻成在魔術表演時，突然被點名上台當助手的觀眾吧。他雖然幫了不少忙，卻不知道完整的計畫，當然也不知道那些把戲和機關，說不定他連璃子小姐會死都不知道。」

棘屈指數著。

「你指示霜邑先生做的應該有四件事：第一是凌晨一點進入颱風眼時，從五位客人之中選擇某人一起去璃子小姐的房間，第二是假裝確認木板窗是否鎖好時趁機打開窗扣，第三是幫璃子小姐重新戴好胸針時刺破裡面的塑膠布，第四是從輪椅上拿走璃子小姐的衣服，藏到安全的地方……這些行為確實都算不上是『罪』。」

「等一下，不該是這樣吧？你有看到霜邑先生的反應嗎？他的驚訝、哭泣和嘔吐如果都是演出來的，應該要有個劇本吧？否則他怎麼能演得那麼逼真……」

「他當然做得到。」

緋頓時冒起雞皮疙瘩。

真奇怪，簡直像是有一雙看不見的手掐住他的脖子。

「我會發現是因為霜邑先生的表情。無論在餐廳或會客室，他和一冴先生在一起時就模仿紫朗先生的表情，和那隻笨狗在一起時就模仿他飼主的表情。也就是說，霜邑先生想讓初次見面的人信任他，或是想威脅敵對之人的時候，便會維妙維肖地模仿那人敬畏對象的表情。」

棘說到這裡聳聳肩，臉上的表情既非佩服也非不屑。

「要說是處世之道，這實在太病態一點。總之霜邑先生既然是這種人，要從周圍狀況和你的臉色研判出『自己現在該做出何種反應』並且精準地表達出來，對他來說就像呼吸一樣簡單。」

緋喃喃說著「我真服了你」。

他真的看錯凜堂棘了，本來還以為只是一隻中看不中用的笨狗。

但緋還是不以為意地聳肩說道：

「你洋洋灑灑說了這麼多，結果都只是空口說白話嘛。霜邑先生有問題的事我也知道，但你沒有任何證據可以說我是——」

「我有證據，就在這裡。」

棘從懷裡拿出一支緋看過的手機。

——那是霜邑先生的。

「這是剛才打昏他的時候借來的。半妖養的狗還告訴我一件事，霜邑先生在凌晨三點半收到幸次先生寄來的『遺書』時，你說了這麼一句話：『發送時間是凌晨一點半，剛好是我們聽到二樓傳出聲音的時候。』」

「……有嗎？該不會是他聽錯了吧？」

「很遺憾，能證明這件事的不只他一個人。你看看這個。」

液晶螢幕顯示出那封郵件。

發送時間竟然是「凌晨三點半」。

「你一定在想『怎麼可能？明明是凌晨一點半發送的』吧？在正常的情況下，如果郵件寄達的時間延遲了，還是會顯示寄件人發送的時間，但這次發生了不尋常的情況。」

棘的語氣像大人在教導小孩。

「因為當時停電了。一般來說，用手機寄 E-mail 是從基地台經由好幾個伺服器存進收件者的信箱，但是當時基地台停電了，所以才會發生這種通訊障礙。」

糟糕。

那時因為手機突然被一汐拿走，以致他來不及確認發送時間。沒想到那件事會造成這麼大的失誤。

「知道這封信是在凌晨一點傳送的只有凶手一個人。你當時看似在偷懶，只顧著用手機玩遊戲，其實是偷偷觀察二樓的情況，拿捏寄信的時機。當你聽到頭上傳來聲響時就按下寄件按鈕——而且是用殺害璃子小姐時拿到的幸次先生名下的手機。」

棘露出了隱藏在白皙面具底下的本性。像是嘲弄，又像是輕蔑。

「你有什麼要辯解的嗎？」

混亂、憤怒、焦躁，洶湧的情緒令緋咬緊下唇。

下一秒鐘，緋的腦海裡浮現「逃跑」二字。一定要快點找個機會從這個男人的面前逃走——正當緋這麼想的時候……

「呵。」

棘的喉嚨發出聲響。

彷彿聽到有趣的笑話，露出不符合這個場面的笑容，這讓他顯得更瘋狂。

棘呵呵笑著，肩膀顫抖不停。

「喔，抱歉，我只是覺得你好像搞錯了。」

話一說完，棘就朝緋伸出手去。

看起來像是要和他握手。

「你的目的從頭到尾都是要暗殺那個半妖少年——西條皓，沒錯吧？如果繼承人碰上爆炸事故『意外死去』，能繼承的就只有你一人；如果身為敵方的我也一起陪葬，更是一石二鳥。」

棘的聲音動聽得有如在唱歌。

他的心情似乎好到隨時會哼起曲子。

「萬一這計畫失敗，還有霜邑先生這一道保險。閻魔殿的規定是『若裁判有誤，懲罰就會落在裁判者的身上』，所以，如果那個半妖以為凶手是霜邑先生，他在宣判的那一瞬間，自己就會受到致命的打擊。」

沒錯，緋就是這麼打算的。

明明是個先天不足的半人半妖，卻恬不知恥地自詡為繼承人。緋的目的就是要把他打入地獄的最底層。

棘說：

「挺不錯的嘛。」

「啊？」

「其實我一直在找盟友，能協助我剷除掉可恨半妖的盟友。依照閻魔殿的規定，我們雙方不能彼此傷害，但你不一樣，你屬於山本五郎左衛門的陣營，又是他的兄弟，你們若為爭奪繼承權發生內鬥，閻魔殿是不會管的。」

棘向緋露出微笑。

「也就是說，我和你的利害關係是一致的。再說，和那個半妖相比，擁有正統魔族血脈的你更有資格當我的對手。如何，這個提議不錯吧？」

緋彷彿受到吸引，握住棘的手。

棘的手杖隨即舉高。

「咦？」

刺耳的砲聲響起。

被打中了——當緋意識到這點時，他已經跪在地上。緊接著，棘對準他被槍打傷的地方狠狠踹了一腳。

「嗚！」

緋發出沉重的咆哮，往後倒下，手杖的握柄又迅雷不及掩耳地朝他的右膝揮落，俐落地敲碎他的膝蓋。棘結束攻擊後，輕鬆地按著帽簷調整帽子。

「一個不懂禮貌的孩子在人家認真比賽時亂動棋盤，有哪個大人不會生氣呢？」

他猙獰地笑著，如同一隻露出犬齒的野獸。

「為、什麼……」

緋痛苦呻吟，舌上覆蓋著金屬的味道，鮮血從嘴角流出。棘冷冷地瞥了他一眼。

「你似乎搞錯一件事，所以我還是跟你說清楚吧。」

棘的手上拿著槍口冒著硝煙的手杖。那是一把古典的特殊造型槍枝，整根手杖就是槍身。

他拆開握柄，重新裝填子彈，然後跪在緋的身邊開口：

「那是我的敵人，我的獵物。」

說完，他揪住緋的頭髮，凝視著緋仰起的臉。

「我說過，我要殺了他，就一定會親手殺死他。所以如果有人妨礙，我只能先解決那個人，就像你一樣。」

他的眼神極其漠然，像是看著一隻被拍扁的蒼蠅。

緋雖然額上冒汗，但仍用豔紅如血的雙眼瞪回去。

「凜堂棘，你瘋了嗎！我也屬於山本五郎左衛門一族，根據閻魔殿的規定，你傷害我的時候就等於是輸了……」

「……喔？話還挺多的嘛。」

哀號被第二聲槍響掩蓋。

棘又擊出了點三二口徑的子彈，他的臉孔因嗜血而扭曲，但仍謹慎地立刻在槍裡裝填第三顆子彈。

「該揭曉謎底了。為什麼我可以對你動手呢？那是因為——」

棘愉快地開始解釋時……

「凜堂先生。」

突然有個聲音傳來。

棘驚訝地抬起頭，看見宛如劇場舞台的最上層陽台出現了一道人影。那身喪服般的和服被晨曦暈染得如鮮血一般紅。

如同壓軸的演員，站在兩人面前的那人——

「這件任務有勞你了，請把現場交給我吧。」

——正是西條皓。

*

跟著皓走上陽台時，青兒的腦海裡不知為何浮現棘被鵺踩在腳下的畫面。

（這是為什麼呢？）

是這股令人反胃的血腥味勾起了那段回憶嗎？不對，原因應該是皓臉上那抹壞心的笑容。

「等一下，難道……你們兩人串通好了？為了引誘我上鉤？」

緋嘶啞地發問，隨即劇烈地咳嗽，吐出一口血。

棘不悅地瞄了緋一眼。

「不用你說我也會把這裡交給你，我還有最後的工作要做。」

說完，他就離開了陽台。

皓緩緩說道：

「其實我和棘是互通 E-mail 的網友。我是從篁的手中偷看到他的信箱地址。」

青兒心想，原來是那個時候啊。

篁出現在離館的客房時，用手機拍下「委託書」的照片寄給棘。當青兒正在讚嘆他驚人的打字速度時，皓偷看了他的手機，一瞬間就記住棘的信箱地址。

（啊，對了……）

皓在會客室向青兒借手機，原來是為了和棘取得聯繫。

「因為這次我們利害關係一致，我就請他幫一點小忙，只是得用青兒左眼的祕密做為交換。棘聽了也大吃一驚呢，他萬萬沒想到原來青兒真的是我的助手……」

竟然是因為這個！

皓看都不看發出無聲抗議的青兒，依然筆直注視著緋。

「既然你打算炸死我，我就不能再坐視不管，所以才請棘幫忙逮住你。如果是我自己來，十之八九會被你給逃走。」

「從什麼時候開始的？你是什麼時候發現我的計畫？」

「打從一開始就發現了。正確地說，是在還沒來到這座島之前，收到璃子小姐的『委託書』的時候。那個信封應該是你寫的吧？因為和你一週前交給青兒的『挑戰書』有同樣的書寫習慣。」

「怎麼可能！我明明改變了字跡！」

「嗯，是啊，信封上的字寫得和信裡面的字很像，但我注意到的不是筆跡，而是筆劃的順序。」

皓邊說邊從懷裡取出兩封信，一封是委託書，一封是挑戰書。

他說著「你看」，指著挑戰書上的「七月吉日」以及委託書上的「吉鷗島」，兩處的共通點是都有「吉」字。

「筆劃順序是無意識的習慣，就算是模仿別人的筆跡，也會表現出自己的書寫習慣。尤其是鋼筆字會因為墨水濃淡的差異而寫出力道強弱不同的線條，所以可以輕易看出筆順。」

依照皓的說明，「吉」裡面的「士」是先寫長的一橫，再寫一豎，最後是短的一橫，但挑戰書和委託書的「吉」字是先寫長的一橫，再寫短的一橫，最後是一豎。

也就是說，信中的筆劃順序是第一劃、第三劃、第二劃。

「我已經問過了，有這種書寫習慣的人在國內不到百分之十，這個數值要當作證據是很可信的。此外還有一點……」

接著皓指著信封上的「長崎」。後面寫的不是現代日文的「県」，而是古字的「縣」。

「這是舊漢字，是在當用漢字——用現在的稱呼應該是常用漢字——擬定之前使用的字體。由此可見，寫這封信的人是在新字體還被稱為『略字』的時期，或是與其相近的時代受教育的。如果是人類，現在應該超過九十歲了，再不然就是和我差不多年紀的魔族……就像你一樣。」

「胡說八道，這全是你的猜測！」

「我就知道你會這麼說，所以找人做了筆跡鑑定，結果確定兩封信是同一個人的筆跡。這可是經過專家認證的。」

話雖如此，皓去找人鑑定筆跡時一定還是懷著一線希望，希望只是自己想太多。

他一定也不想看到這樣的結果。

「順帶一提，信紙是其他人寫的，你偽造的只有信封。我想你應該是撕破了原來的信封，換成另一個信封吧。」

「……嗯，是啊。這封信本來是寫給一冴那個廢物設計師的。」

所以那封信根本不是什麼「委託書」，而是寫給一冴的「邀請函」囉？

那封信並沒有寄到一冴的手上。

即使如此，一冴還是來到這座島，而且正好是在八月十九日，說不定那兩個人之間有著某些特別的情誼。

「不用擔心，我不會殺你……不，應該說任何人都做不到。」

皓這麼說，往前走出一步。

他靜靜地閉上眼睛，但很快又睜開來。

「因為你早就死了……緋花哥。」

沉默或許只維持了幾秒。

籠罩在現場的沉默彷彿會永遠持續下去，連不可能斷絕的浪濤聲都幾乎被沉默掩蓋。

「我也該讓你看看這東西了。」

皓拿出一張照片。

褪色的照片被歲月刻上了黃斑，但照片中的人仍保持原來的色彩。

包括那頂報童帽上的紅牡丹。

——是緋。

照片裡的他抱著一個裹著襁褓的嬰兒，雖然抱得戰戰兢兢，但仍努力裝出不以為意的表情，看起來十分可愛。

（對了……）

半個月前，皓向「相關人士」詢問緋的事情，後來收到了一張照片。難道這就是那張照片？

「這是什麼？我什麼時候拍過這種照片？我一點都不記得。」

「這張照片很久了，因為是在我剛出生時拍的。沒錯，你抱著的嬰兒就是我。」

——不對，這太奇怪了吧？

照片裡的皓只是個剛出生的嬰兒，但是抱著他的緋跟現在長得一模一樣。

「其實你是我的哥哥，而不是弟弟。」

這話真是令人摸不著頭腦。

「我以前有三十一個哥哥，但是在拍了這張照片的幾天後，所有哥哥都被我們的父親山本五郎左衛門親手殺掉了。這是為了讓身為半妖又是么子的我成為繼承人。」

原來皓說的「相關人士」就是山本五郎左衛門。

「少、少胡說！我根本沒見過這個嬰兒！而且你說我已經死了？那我為什麼……」

他正要說「為什麼還活著」，卻因一陣劇烈的咳嗽說不出話。

「你知道《長谷雄草紙》這個故事嗎？」

話題突然跳到無關的事情。

「那是發生在平安時代的故事，寫的是紀長谷雄這位學者和棲息在朱雀門的鬼比賽雙六棋的事。最後紀長谷雄獲勝，得到一位絕世美女，但他違反了鬼告知的禁忌，結果女人就化為一灘水消失了。她其實是鬼利用死人的屍骸做出來的『人造人』。比這個故事早了一百年左右的《撰集抄》中有一篇故事叫〈西行於高野奧造人事〉，裡面也記載了『鬼蒐集人骨製造出人』的情節。」

所以用屍體造人被認為是「鬼的祕術」囉？

「回魂術可以藉由骨骸令死者復活，這就是你還活在這個世上的原因，不過你的記憶可能因為某些緣故遭到竄改。」

緋十分茫然，喃喃說著：「怎麼可能……」

「這種祕術有一個禁忌。」

皓說話時緊盯著緋，彷彿怕自己一眨眼，緋就會從他的面前消失。

「那就是對死者說出他的名字。『若行其是，造者及被造者皆化為烏有』——也就是化為一灘水消失。」

——看吧，就像這樣。

聽到皓的這句話，緋愕然睜大的眼睛頓時充滿恐懼，因為他看見自己的雙手從指尖逐漸變得透明，如同化成冰雕。

「『女人化為水流走了』。這個結局也和《長谷雄草紙》一樣。」

皓以異常平靜、缺乏抑揚頓挫的語氣說道。

然後……

「我、我想起來了，全都想起來了！」

緋的頭髮亂舞，口中吐出野獸般的咆哮，他瞪大血色的眼睛，腹部滴著黑血站了起來。

「是你，都是你害的！只要你死了就沒事！是你害死大家的！」

充斥在他眼中的情感比殺意更駭人。青兒立刻要把皓拉開，但還是晚了一步。

緋伸手一揮，劃過皓的臉頰，鮮血飛濺而出。

但也只有這樣。

下一秒鐘，緋失去人的輪廓，癱倒在地，發出濺水聲。如同被手截斷的水柱，瞬間消失得無影無蹤。

包括他的臉、手、指頭。

肉、骨頭、血液。

地上只殘留著一朵人造的紅牡丹。

只有這樣。

「你最後應該可以把我的喉嚨割斷的。」

皓邊說，邊用雙手捧起豔紅的花瓣。那動作就像撫摸著燒盡的死者骨骸。

靜靜地，如同低語一般。

他的聲音微微顫抖。真的只有一丁點兒。

「……但你還是做不到吧。」

皓喃喃呼喊著「緋花哥」的聲音，微弱得像是幻聽。

又像是哭泣。

*

他們生長的家庭位於威爾斯北部一個廣大湖泊的湖畔。

父母從來就不關心他們。雖然夫妻兩人並無不睦，但是父親卻在某天離開了這個家，被丟下的母親開始大買高酒精濃度的酒。她彷彿是在蒐集全世界的不幸，一天比一天更像個不高興的暴君。

後來那幾年的情況他都不記得了，因為在母親死後，他們就把那段期間的記憶全都遺忘。

雖然湖畔那棟房子裡的活人只剩他們兩個，但他們的身體根本像是屍體。

兩手的指甲都不在了，全身有多處骨折，手腳上全是瘀青，哥哥的小指被咬掉了一截，弟弟的褲子上還沾著狗的精液。

此外還有一個真正的死人，那是曾經被他們稱為「怪物」的人，但她如今只是一個美麗的女性。

她沉在浴缸裡的屍體過了很久也沒有腐壞。不僅如此，那皎潔如明月的肌膚變得像塗蠟似地散發光澤，隨著時間流逝，她變得越來越像人偶。她變成了所謂的屍蠟。

他們發現自己終於能愛母親了。

兩人手牽著手，向躺在浴缸裡的母親獻上晚安吻。在那個瞬間，他們感受到了前所未有的幸福。

殺死母親的是哥哥，還是弟弟呢？他們之中的某一人趁著母親在浴缸裡睡著時，抓著她的頭按到了水底。

是誰做的並不重要，重要的是他們終於能愛他們的母親。

回顧過往，或許那半年在他們心中是此生最幸福的時光。

在鎮上引發一陣騷動後，兩人被送到孤兒院。

後來，他被唯一的親戚舅舅一家收養。那是因為掛在他嘴角的微笑，彷彿是對哭泣的人表現出來的溫柔笑容。現在想想，他應該只是在模仿躺在浴缸裡的母親屍體。

「他們」變成了「他」，那對挑不出缺點的日本人養父母，照著曾祖父的名字幫他改名叫「霜邑潤一郎」。

他很喜歡他的養父母，所以就乖乖聽從了。

他在學校的成績很優秀，還為了繼承養父的事業而立志當精神科醫生。所以事情就這樣了。

他在恩師的介紹下和恩師的女兒開始交往，然後論及婚嫁。所以事情就這樣了。

他的妻子得知有了他的孩子的那一天，留下一句「你沒有人類的心」就上吊自殺了。

他比任何人都傷心，所以事情就這樣了。

結果「他」依然是「他」，永遠不會成為「霜邑潤一郎」。

雖然他考慮尋死，但沒有任何人支持他的決定。所以事情就這樣了。

接著，他遇見了她。

遇見依照絢辻璃子那位少女的模樣製作的人偶。

那是他因大學同學萩的請求而去了九州最西邊的吉鷗島時發生的事。

他首先想到的是沉在浴缸裡的母親樣貌，然後想起了夜晚和雙胞胎哥哥手牽著手去親吻母親額頭的事。

從天窗灑落的月光、相牽的手的溫度、親吻額頭時的冰冷——這一切她都擁有。因為她的微笑和變成人偶的母親一模一樣。

這令他第一次為了「他」不再是「他們」而哭泣。

悲傷、憤怒、憎恨、寂寞——他無法擁有的一切，她全都擁有。

所以，他對「陪他商量煩惱的青年」說出了一切。

說他想要永遠待在她的身邊。

——然後，萩死了。

夢境突然終止。

當他醒來時，昏沉沉的腦袋只感覺到頭痛和暈眩。大概是在海灣的洞窟裡被某人打昏之後一直睡到了現在。

天空很吵雜。

像在慶祝暴風雨結束似地，成群的海鳥在天空盤旋鳴叫。異常尖銳的聲音像在刮著耳膜，令人不悅。

「喔？你醒啦？」

他轉頭找尋聲音的來源，看見一位靠在潮濕岩壁上、盤著雙臂的青年。

——是凜堂棘。

接著他離開岩壁，拄著手杖走過來。手杖敲在岩石上的堅硬聲音聽起來像法官敲下木槌。

「好啦，時間差不多了。我可不像某人一樣喜歡看著罪人逃走。」

他聽不懂對方這句話是什麼意思。

但是眼前的青年絲毫不在意他的迷惘表情。

「生為人類活在世上卻活得一點都不像人的，就稱為鬼，所以你確實是鬼。麻煩的是，正因為你是鬼，所以沒有罪過。『鬼神未曾行過失道之事』——這是酒吞童子死前的最後一句話，惡意這種東西只會出現在人類的心裡。」

棘說完按住帽簷。

「所以這次的制裁就交給人類吧。」

他笑了，薄薄的嘴唇如上弦月般彎曲。

「在此預告。

八月十九日，Isola Bella 旅館將會發生分屍案。我保證，比天堂更美麗的地獄會在一個晚上終結。敬請前來參觀。」

棘背誦的這段話聽起來如同詩歌。不對，或許是信中的一段話。

「這是璃子小姐寫的信，收到這封信的混帳小鬼以為那是『委託書』，其實這原本應該是『預告信』。」

為什麼呢？

海鷗的振翅聲非常嘈雜，感覺像身處等待開幕鈴聲的觀眾之間。

「璃子小姐大概打算在二十歲生日之後和你斷絕關係，所以寫了這封信寄給她最親近的人。從結果來看，她多半猜到死亡即將降臨在這間 Isola Bella 旅館——降臨在她身上。她付出這麼大的代價也要進行的復仇是什麼呢？從信件的內容就推測得出來了，所以我幫她做了這件事。」

棘說出這句話時，面容彷彿是能劇的般若面具。

憎恨、執著、怨念，還有徹底的惡意。那是擁有人心者才會有的邪惡笑容。簡直像是被少女的怨魂附身。

「從《日本靈異記》的〈女人惡鬼見點攸食噉緣〉開始，自平安時代以來被鬼吃掉的都是女人，但是在心中培育出鬼的也是女人。既是被鬼吃掉的人，也是化為鬼而吃人的人，女人就是這樣的角色……既然如此，理所當然會有這種結局。」

棘說完這段話之後，霜邑沒命似地逃了出去。為了和前來迎接的船會合，他乘坐在橡皮艇上，藏在洞窟中，還帶著一個包裹好幾層防水布的行李箱。

他用顫抖的手解開鎖扣，打開箱蓋。

然後……他看見了。

看得清清楚楚。

眼前出現的是被棘弄得支離破碎的「她」。臉孔裂開，關節破碎，皮開肉綻——簡直像被狼或野狗撕咬過。

——在此預告。八月十九日，Isola Bella 旅館將會發生分屍案。

原來如此，這確實是分屍案。

他在心中喃喃自語，同時知道自己已經毀了。

海鷗的振翅聲傳來，聽起來就像觀眾席發出的如雷掌聲。

一聲狂嘯——那是憤怒、怨嘆，抑或喝采？說不定是臨終的哀鳴。

最後，棘的口中念出童謠之中的一句。

「澄心誠心請節哀。」

鬼吃人的戲碼落幕了。

天色已破曉。

*

她總是看著海。

總是看著遠方的某處。

就像無法逃離這裡的自己一樣。

八月十九日。

每年到了這一天的前後，以爺爺建治郎為首的所有親戚都會聚集在這間 Isola Bella 旅館。

表面上的理由是要慶祝堂妹璃子的生日，但她即使收到堆積如山的禮物，還是會一臉無趣地別開臉。

一汐發現她其實在看海，是在他十一歲的夏天。

當時九歲的她，獨自坐在窗邊時必定看著海，就連大人們誇獎她的容貌時，她還是看著海。

所以，那個時候也是——

『真是的，那孩子就像某人一樣低俗。』

『雖然已經做過ＤＮＡ鑑定，不過據說那個女人還有其他男人。』

『表面上說是因為生活困苦而自殺，我看應該是被別的男人甩了而含恨自殺吧。』

為了遠離那些大人不負責任的閒言閒語而躲到離館的時候也是。

他經過空中迴廊跑進左手邊的空房間時，發現已經有人在裡面了。

——是璃子。

她聽到開門的聲音也沒回頭看一冴，依然凝視著那一塊方形的海洋。

遙遠的水平線看不到陸地，也看不到漁船，只有蔚藍到寂寞的海水無邊無際地延伸下去。

和她的側臉有些相似。

「如果你想站在那裡，是不是該說些什麼？」

一冴被她瞪得有些驚慌。

他發現回過頭來的璃子，眼眶有著淡淡的紅色，彷彿一直在無聲地哭泣。

「那個……我發現妳老是在看海。」

他不加思索地脫口說出這句話。

就連旁人也看得出來，曾是知名製偶師的叔叔，企圖把獨生女璃子打造成自己的一件作品。他痛恨看到她表露出喜怒哀樂等各種感情，最近甚至光是看見她因聽到笑話而發出笑聲都會不高興地咂舌。

只要待在這座島上，她就像是被關在玻璃匣裡的人偶。

「所以我猜妳很想逃走，從這個地方逃走。」

他本來還想說「我也一樣」，但聲音還在喉嚨裡就消失了。

一冴也是一尊人偶。

而且是一尊仿造他同父異母的哥哥紫朗，卻又仿造得不像的次級品。

他從小就每天補習兼學習才藝，然而他始終達不到周圍大人們的期望。

發現自己是個「失敗作」之後，他決定要低調地生活，至少不要惹別人不高興，但是在學習忍受一切的過程中，他開始覺得無法呼吸。

如同一點一點地被空氣壓扁，他經常像缺氧似地感到喘不過氣，再怎麼吸氣都吸不進去。

好想逃得遠遠的。逃到那個老是批評他的異母哥哥、那些用輕蔑嘲弄的目光看他的大人都無法觸及的遠方。
——趁著心靈或身體都還沒死去的時候。
突然，唰的一聲，璃子扯掉了裹在左手小指上的紗布。手指的根部有一處紅腫，還起了水泡，那是燙傷嗎？
璃子意興闌珊地把左手舉到臉前，對著燙傷的痕跡咬下去。
「好痛！」
「喂，又不是你在痛，笨蛋！」
璃子罵道。她的眼角閃現淚光，然後粗魯地用肩膀擦擦臉，為了掩飾哭臉而轉過頭去。
「這是我剛才用打火機燒的。只要有這個傷痕，我就還是我……總覺得如果不提醒自己我不是人偶，好像會漸漸變得不再是自己。」
璃子這麼說著，目光轉向波浪湧來的地方——遠方的水平線，然後以厭煩的動作把海風吹亂的頭髮撥到耳後。
「還有，我不是要逃走，而是要出發，出發到我想去的地方。」
「想去的地方」聽起來就像是「想要生活的地方」。

當璃子說出這句話的時候，她的眼神認真到令人害怕。

然後他發現了。

他以為璃子總是在看海，其實她的眼睛是看著大海之外的某處。

——啊啊，是這樣啊。

想在哪裡生活，就可以在哪裡生活。

他突然想通了。彷彿他終於可以割斷綑在自己身上的操偶線。

——啊啊，原來如此。

不是在這個地方。

如果有朝一日可以去到那個地方，他不想再活得像現在的自己。

——所以我要改變。

他可能是第一次有了這種想法。

就在那時，從雲縫灑落的光輝照在 Isola Bella 旅館上。

眼前的一切，讓一冴震驚得連眨眼都忘了。

這片景色美得令人感傷，像是臨死之際會回憶起的人生最美的一幕。他有一種預感，自己永永遠遠、直到生命要結束的那一刻，都不會忘記眼前這幅景象。

這裡真是個比天堂更美麗的地方。

「抱歉，我有點……」

一冴顫聲說道，像是承受不了太燦爛的景象而遮住自己的眼睛。

璃子或許發現他正無聲地哭泣，但她之後沒再說話，只是一直默默陪在一冴身邊。

他感覺從那天以來，璃子一直陪在他的身邊。

那一天，在那一個地方，一冴終於從人偶變回人。

不是仿造品，也不是附屬物，單單只是絢辻一冴這個人。

璃子的存在成了一冴的心臟。

——而且，至今依然活著。

＊

後來……

由於絢辻兄弟的努力才阻止地下室的鍋爐爆炸，之後只要等警察到來就好。其實青兒他們應該也要被警察問話，但閻魔殿幫了他們一個忙，讓篁駕駛出租船接他們先行離開。說不定都市傳說裡的黑衣人也都是閻魔殿的鬼差吧。

如今，青兒和皓走在家附近的小徑上。

放眼望去，只見無限延伸的黑色木板圍牆，覆蓋在他們頭頂的是和昨夜的暴風雨截然不同的藍天。

聽著唧唧的蟬鳴，青兒感覺夏天好像會一直持續下去，但他不經意地看見地上躺著蟬的屍骸，才發現秋天似乎比想像得更近。

「來聊聊往事吧。關於我母親的事。」

小徑大概走了一半時，皓突然開口。

據他所說，身為戰亂孤兒的母親在十六歲從見習生升為藝妓之後不久，就被一位藥店老闆贖回去當續弦。

但是在婚禮將近的某一天，她被一個在青樓人人聞之色變的「砍頭魔」擄走，關在屋內。

「可是，遭殃的卻是那個罪犯。聽說他最後發了瘋，割下耳朵、削下臉頰、挖出一隻眼睛……然後把這些東西全都塞進嘴裡窒息而死。」

當警察找到他家，在淒慘至極的自殺現場找到他留下的一行字。

地獄不只在死後的世界。

這女人就是制裁罪人的地獄惡鬼。

「呃……也就是說，她在各方面都和你很像？」

「大概吧。」

……還好他對這件事還有自覺。

本來以為事情圓滿落幕了，但世人的悠悠之口可沒這麼容易解決。

——那個女人是個瘋子，不對，是鬼。

街坊流傳著不堪入耳的謠言，有人說「她向壞人討人肉」，有人說「她每夜拿著壞人帶回來的人頭當玩偶玩」，最後她被軟禁起來。在這時跑來看熱鬧的就是山本五郎左衛門，他心想「我一定要見見這位傳說中的鬼女」。

這女人是神還是鬼？

不管她是什麼，都是傾國傾城的美女。

他花了五年時間追求她，後來她的肚子裡就懷了皓。

但是……

「官方紀錄說她是自殺，但她其實是在生下我的時候過世的。她最後一句話是：

『無論要做出多少犧牲，都要讓這孩子成為繼承人。』」

就是因為這樣，才讓山本五郎左衛門成了親手殺死三十一個兒子的大罪人。

「所以，我是被人們視為鬼的瘋狂女人和殺子的大罪人所生的孩子。」

從他懂事開始，身邊就全是敵人。

因為那三十一個哥哥都有結為連理的伴侶和結拜為兄弟的知己。

在他們眼中，皓即是不共戴天的仇人。

「父親決定把我藏起來，就把我和負責照顧我的紅子關在一個施了隔離咒術的地方，和現在那間屋子一樣。」

直到五年前談起了比賽判罪人下地獄的事，才又讓他出現在人前。

「這個……坦白說，是我的話真不想理會這些事。」

「呵呵，其實我也不想管，但我如果想要獲得自由，非得奪得魔王寶座不可。」

青兒看著皓側臉上浮現的微笑，覺得他好堅強。

比誰都強悍……但又很寂寞。

「讓我最小的哥哥緋花復活的應該是父親身邊的某人。因為那人和我被殺的大哥是祕密情人，所以一直在找機會為他報仇。」

根據說明，緋出現後，皓去詢問的「相關人士」就是山本五郎左衛門。後來他和紅子兵分二路，紅子和山本五郎左衛門設法找出挖開緋花墳墓使其復活的凶手，皓為了引開敵人的注意力而故意接受邀請。

這麼說來，青兒就是在不知不覺的情況下和皓一起扮演誘敵的角色。

「那個人正在被我父親拷問的時候……大概是在緋花化為水的那一瞬間，也化為水消失了。」

——造者及被造者皆化為烏有。

真的和平安時代流傳下來的故事一模一樣。

「這樣事情就全都解決了吧。」

「大概吧。不過我還有一件事很在意。」

皓歪著腦袋說道。

「那個人和霜邑先生似乎不認識。」

「……啥？」

青兒露出呆滯的表情。

「呃，不對啊，這太奇怪了吧！這樣根本不可能演變出後來那些事啊！」

「嗯，是啊，所以應該還有個主謀。或許就是那個人幫霜邑先生殺死了萩醫師、慫恿璃子小姐殺死父親，又把緋送過來，引發這一連串的事件……」

青兒感到一陣寒意，如同一群蜈蚣爬在背上。

聽說「鬼」字是從「隱」字而來，代表看不見的東西。

這麼說來，那個人才是真正的鬼吧。

「你還記得須須木芹那嗎？」

皓突然說出一個很耳熟的名字。

「呃……就是割傷了我左眼的那個人吧？」

「是啊。其實我後來又調查了一下，發現她在中學的時候被父母拋棄了。」

那對年輕夫妻因沉溺賭博而欠下大筆債務，後來為了逃債，就丟下芹那趁夜逃走。

也就是說，芹那成了他們丟給地下錢莊的犧牲品。

「她住在風化場所的宿舍裡時得到了庇護，有一對遠親老夫婦收養了她，讓她隔兩年之後又重新就學，但她的精神還是一直處在不穩定的狀態。」

這個時候全心全意支撐著她的就是補習班的老師曾町亨。

但是……

「他過去犯下的罪行被我揭發後，去向警方自首了。雖說他是依法服刑，但還是等於拋棄了芹那，如同她的父母丟下她趁夜逃走。」

因此，她和很多男人發生了關係，重演過去的創傷。

為了讓他知道：這是你害的。

為了告訴他：你對我做了和我父母一樣的事。

這樣……

能說完全是她一個人的錯嗎？

「我自作主張地把曾町亨的事告訴芹那小姐的養父母，他們決定先讓她接受專家的治療，之後再一起好好討論她肚子裡小寶寶的事。他們說，不管怎樣，他們都一定不會拋棄她。」

那真是太好了。

至少現在還有人陪在她的身邊，真是太好了。

「世阿彌在〈二曲三體人形圖〉裡面說過一句『行鬼心人』，意思是『雖然擁有鬼的外表，卻有人類的心』。被視為鬼的人最可悲的地方，就是他們依然留有人類的心，就像芹那小姐，還有霜邑先生。」

人為什麼會變成鬼呢？

如果他們就是被這樣教養長大的，那還算是罪嗎？

——這到底是誰的罪過？

在他們剛走進隧道時……

「如果說那是鬼生的孩子，我也一樣。」

皓喃喃說道。

青兒努力思索該說些什麼，卻想不出來。

他的腦袋徒然地運轉，找不到一句適當的回答。

青兒唔唔嗯嗯地沉吟著，然後無意識地伸出手，在皓的頭上摸了摸。

兩人之間沉默了整整三十秒。
等青兒回過神來，下意識地準備下跪道歉時，皓突然噗嗤一聲笑出來，肩膀顫抖不停。
「仔細想想，這是我從出生以來第一次被人摸頭呢。」
「咦咦？」
「……不對，或許在嬰兒時期有過。」
看他喃喃自語的表情，青兒明白了。
——皓說的是緋花。
青兒回想起那張照片上的兩人，看起來就像隨處可見的兄弟，或許那位哥哥曾經摸過弟弟的頭吧。
因為緋花有過三十個哥哥，弟弟卻只有皓一個人。
「我還真有點羨慕一冴先生和紫朗先生。」
隧道裡光線昏暗，青兒看不清楚皓說出這句話時是什麼表情。
「常言道兄弟也會成陌路，兄弟間的相處有很多問題，要麼沒有交集，要麼反目成仇，但不管是好是壞，光是有個兄弟就會影響彼此的人生，我覺得這是很難得的事。」

——親子也是。

——兄弟也是。

這些都是失去了就找不回來的關係。

「……不過所謂的家人，並不全是因血緣關係凝聚在一起。」

皓如獨白似地說著。

青兒還來不及開口發問，兩人就走出了深綠色的常春藤覆蓋的隧道。

這一刻，他覺得時間彷彿靜止了。

前方出現一棟包圍在綠意中的洋房。

看到那棟房子的瞬間，青兒為湧上心頭的懷念感到訝異。

（難道……）

說不定自己很渴望能回到這個地方。

回到在這世上唯一容許他居住的地方。

說不定，這就是所謂的歸宿。

這時……

在鋪著紅磚的小路上出現一條人影。

一陣微風如同一隻手，撫亂了那頭剪齊的黑髮。

令人聯想到金魚的紅色和黑色——是紅子。

「歡迎回來。」

紅子站在兩人面前深深一鞠躬，嘴角若有似無地上揚。

「……咦？剛才那個難道是……」

大約過了一分鐘，青兒才意識到這件事。

＊

在這個世上，或許真有會笑的金魚吧。

第三怪◆死而復活，或是終章

青年對霜邑說，這有點像是煩惱諮商。

對方遞過來的名片上用燙金字體在黑底上印著「偵探社」，但他個人還另外從事煩惱諮商的工作。

「偵探社是和雙胞胎弟弟一起經營的。」

「你弟弟也是偵探嗎？」

「不，偵探是我，弟弟只是助手，就像福爾摩斯和華生一樣。順帶一提，我們是異卵雙胞胎，所以長得一點都不像。那孩子是個口才很好的笨蛋，但是看在我的眼中非常可愛……我真是個溺愛弟弟的哥哥。」

他邊說，邊在名片背後迅速寫下地址。

「偵探社快要關門了，到時你可以從這個地址找到我。因為我『預定最近就要死了』。」

他淺色的頭髮長到蓋過後頸，中性的臉孔在某些角度看起來甚至像女性，象徵偵探身分的斗篷外套穿在他身上，乍看之下像是魔女的長袍。

然後……

「請期待我的復活之日吧。」

名為荊的青年說道，用那張柔媚如暗紅色花朵的臉孔笑了。

如同荊棘一般。

主要參考文獻

《鬼の研究》（三一書房出版／馬場あき子著／一九七一年）
《どこかで鬼の話　鬼の本をよみとく》（人文書院出版／奥田繼夫著／一九九〇年）
《鬼の系譜　わが愛しの鬼たち》（五月書房出版／中村光行著／一九八九年）
《異界と日本人　絵物語の想像力》（角川書店出版／小松和彥著／二〇〇三年）
《叡山の和歌と說話》（世界思想社出版／新井榮藏等編／一九九一年）
《スサノオ　第1号　鬼と日本人》（勉誠出版社出版／志村有弘主編／二〇〇四年）
《絵本百物語　桃山人夜話》（國書刊行會出版／多田克己編／一九九七年）
《「鬼一口」覚書：『伊勢物語』第六段を起点として》（蔦尾和宏著／岡山大學國語研究30卷／二〇一六年三月二十日）
《イタリア・バロック　美術と建築》（山川出版社出版／宮下規久朗著／二〇〇六年）

《澁澤龍彥のイタリア紀行》（新潮社出版／澁澤龍彥等著／二〇〇七年）
《ヨーロッパの乳房》（河出書房新社出版／澁澤龍彥著／二〇一七年）
《ナポレオン　島々の皇帝、流刑の皇帝》（東方出版社出版／Arnaud Le Peletier D'Aunay 圖文／二〇〇五年）
《人形愛の精神分析》（青土社出版／藤田博史著／二〇〇六年）
《書物の王国　7　人形》（國書刊行會出版／江戸川亂歩等著／一九九七年）
《フェティシズムの修辞学》（青弓社出版／北原童夢著／一九八九年）
《人形と情念》（勁草書房出版／増淵宗一著／一九八二年）
《文章鑑定人事件ファイル》（新潮社出版／吉田公一著／二〇〇一年）
《稲生モノノケ大全陰之巻》（毎日新聞社出版／東雅夫編／二〇〇三年）
《鳥山石燕　画図百鬼夜行全画集》（角川書店出版／鳥山石燕著／二〇〇五年）
《百鬼解読》（講談社出版／多田克己著／一九九九年）
《妖怪・お化け雑学事典》（講談社出版／千葉幹夫著／一九九一年）
《妖怪事典》（毎日新聞社出版／村上健司著／二〇〇〇年）
《暮しの中の妖怪たち》（文化出版局出版／岩井宏實著／一九八六年）

《図説・日本未確認生物事典》（柏美術出版／笹間良彥著／一九九四年）
《鬼のいる光景──『長谷雄草紙』に見る中世──》（角川書店出版／楊曉捷著／二〇〇二年）

國家圖書館出版品預行編目資料

地獄幽暗亦無花. 2, 活人偶之島 / 路生よる作 ; HANA 譯. -- 初版. -- 臺北市 : 臺灣角川, 2019.11

面； 公分. --（角川輕. 文學）

譯自 : 地獄くらやみ花もなき. 弐 : 生き人形の島

ISBN 978-957-743-392-3(平裝)

861.57 108016276

地獄幽暗亦無花 2 活人偶之島

原著名＊地獄くらやみ花もなき 弐　生き人形の島

作　　者＊路生よる
插　　畫＊アオジマイコ
譯　　者＊HANA

2019年11月6日　初版第1刷發行

發 行 人＊岩崎剛人
總 經 理＊楊淑媄
資深總監＊許嘉鴻
總 編 輯＊呂慧君
副 主 編＊溫佩蓉
美術設計＊邱靖婷
印　　務＊李明修（主任）、張加恩（主任）、張凱棋

台灣角川

發 行 所＊台灣角川股份有限公司
地　　址＊105台北市光復北路11巷44號5樓
電　　話＊（02）2747-2433
傳　　真＊（02）2747-2558
網　　址＊http://www.kadokawa.com.tw
劃撥帳戶＊台灣角川股份有限公司
劃撥帳號＊19487412
法律顧問＊有澤法律事務所
製　　版＊尚騰印刷事業有限公司
I S B N＊978-957-743-392-3